丸の内で就職したら、幽霊物件担当でした。8

竹村優希

角川文庫
22385

Contents

丸の内で就職したら、幽霊物件担当でした。

吉《よし》原《はら》不動産

東京・丸の内に本社がある、財閥系不動産会社。
オフィスビル、商業施設の建設・運用から
一般向け賃貸まで、扱うジャンルは多岐にわたる。

株式会社第六リサーチ

吉原不動産の子会社。第六物件管理部が
請け負っていた、「訳アリ物件」の調査を
主たる業務とし、新たに設立された。

新《しん》垣《がき》　澪《みお》

幽霊が視えるが鈍感力が高く、
根性もある。

マメ

幽霊犬。飼い主を慕い
成仏出来ずにいたが、
澪に救われ、懐く。

溝《みぞ》口《ぐち》　晃《こう》

超優秀なSEで若手の
エース社員。幽霊は
視えないが、興味津々。

高《たか》木《ぎ》正《まさ》文《ふみ》

第一物件管理部主任。
次郎の幼なじみ。
際立つ美貌の持ち主で、
霊感もあるが……。

長《なが》崎《さき》次《じ》郎《ろう》

第六リサーチ副社長。
澪の上司で、
吉原グループの御曹司。
頭脳明晰で辛辣だが、
優しいところも。

イラスト/カズアキ

ウェズリーガーデンホテルのオープンは、とても華々しいものだった。

世界中に展開する名門ホテルチェーン、ウェズリーグループの新業態であることやアジア初上陸など、話題性には事欠かず、新聞やネットニュースをはじめテレビでも数々の特集を組まれた。

テレビの取材が入るたびに応じていたのは、広報の女性。日本語が堪能《たんのう》なイギリス人で、ブロンドの髪と青い目が美しく、それはそれで大きな話題になった。

しかし、それ以上にメディアが注目したのは、ウェズリーガーデンホテルを任される御曹司《おんぞうし》、リアム・ウェズリーのこと。

世界有数のセレブであり完璧《かんぺき》なビジュアルを持つリアムが、格好のネタになることは避けようがなかった。

どのテレビ局も、ホテルの紹介はそこそこに、リアムがパリコレに出演していた映像を何度も流し、リポーターは「このホテルに泊まると、リアム・ウェズリー氏にバッタリ会っちゃう、なんて可能性もあるんですか……?」と、わかりきっている質問をした。

一方、広報の女性は同じ質問を受けるたび、まるでビスクドールのような顔に感情の読めない微笑みを浮かべ、「リアム・ウェズリーは大変多忙です。いずれご紹介できればと思っております」と、サラリとかわしていた。

「なんだか、別人の話を聞いているみたいですね……。不思議……」

丸《まる》の内《うち》のはずれにある、キラナビルジングの十階。株式会社第六《だいろく》リサーチの応接室で、その様子をパソコンの画面で眺めながら、澪《みお》は混乱していた。

ソファの向かい側に座っているのは、まさに、画面の中でみるみる神格化していくリアム・ウェズリー本人。

ニコニコと屈託のない笑みを浮かべ、すっかりリラックスした様子でクッションを抱きかかえている。

リアムは極めて多忙である、と。

広報の女性は何度もそう繰り返しているが、実際は、かなり長い時間を第六で過ごしている。

「パリコレのこと？　あれはデザイナーのコンセプトもあって、無表情でっていうリクエストだったからね」

「パリコレもですけど、なんというか、存在そのものが……」

「そう？　別に、僕は僕だよ」

普段のリアムは、良い意味で少し子供っぽい。日本に来たことで親の監視から逃れ、解放感を満喫しているのだろう。

だからこそ、こうしてテレビなんかでリアムの情報を目にしてしまうと、本来はずっと遠い存在であることを改めて実感する。

「見るの止めよう……。脳の処理がついていかない……」

澪は大袈裟《おおげさ》に溜《た》め息をつき、パソコンを閉じる。すると、ふいにリアムが目を輝かせた。

「ねえミオ。ホテルがオープンしてから、まだ来てくれていないでしょ？　よかったら、これから行かない？　ロビーラウンジがすごくいい出来で、ミオにも見せたいんだ」

「え！　行ってみたいです！……けど、私みたいな庶民と一緒にいて、リアムに変な噂が流れでもしたら……」

「ミオと噂になるなら、僕は別に構わないよ」

「リアム……」

幼い頃からレディファーストの精神が叩《たた》き込まれているイギリス人は、こういう発言を、呼吸のごとく口にするから心臓に悪い。

知り合って約半年になるが、いまだ慣れずに苦笑いを浮かべると、リアムはこてんと首をかしげた。

「どうしたの、ミオ。僕は芸能人でも政治家でもないんだから、なにをしていても問題ないし、どう思われても気にしないよ。そもそも、マスコミがホテルに入るには許可が必要だしね」

「そう、なの……？」

「それに、イギリスのパパラッチに比べたら、日本のは可愛いものだよ。……そうだ、ジローやコウも誘おうか。そろそろランチの時間でしょ？」

天然に見えて、澪の懸念をサラッと取り去るあたり、さすが英国紳士だと澪は思う。

「いいんですか……？」

「もちろん。僕の日本での生活は、第六のみんなのお陰で充実しているし、是非招待させてよ」

「ありがとうございます……！」

思えば、ウェズリーガーデンホテルを訪れるのは、まだ改装中だった心霊調査のとき以来だ。

リアムはいつでも歓迎すると言ってくれたし、澪自身も行ってみたいと思っていたものの、予想以上に話題になったせいで、落ち着くまではと遠慮して口には出さなかった。

「次郎《じろう》さんたちに聞いてきますね！」

澪ははやる気持ちを抑えきれず、応接室を飛び出し、執務エリアに駆け込む。

すると、難しい表情で資料を眺める次郎と目が合った。

「……どうした」

「あっ……、えっと……」

その忙しそうな様子に、澪は思わず口ごもる。

頻繁にやってくるリアムの相手を澪に押し付けているのは次郎だが、自分だけサボっているような気になって、ランチの誘いは言い出し難《にく》い。

すると、次郎は澪の態度を不審に思ってか、眉間《みけん》に皺《しわ》を寄せた。

「あいつがまた、妙なことでも言い出したのか」

「い、いえ！　違います！」

「……また霊を利用したいとか言い出してないだろうな」

「そうじゃなくて……！」

霊のことになると、次郎のリアムに対する信用はゼロだ。

リアムは心霊現象をエンタメ感覚で楽しんでいるし、オープン前にホテルの調査をしたときには散々な目に遭ったのだから、ある意味当然と言える。

澪は誤解を解くため、慌てて首を横に振った。

「ラ、ランチに……」

「は？」

「リアムが招待してくれるそうなので、あの……みんなでどうかな、って……」

たちまち、居たたまれない沈黙が流れる。――しかし。

「ウェズリーガーデン？　最高じゃん！　行く！」

晃《こう》のハイテンションな返事がたちまち空気を変え、澪はほっと胸を撫《な》で下ろした。

「よかった。ロビーラウンジがお気に入りみたいで、是非来てほしいって言ってくれたの。あの、次郎さんはどうですか……？」

澪は、恐る恐る次郎を見つめる。

しかし、次郎はチラリと時計を見て、首を横に振った。

「俺はこの後、吉原《よしはら》不動産で打ち合わせがある」

「そう、ですか……」

「お前らで行ってこい」

確かに、最近の第六には、吉原不動産からの細かな依頼が続いていた。

というのも、年度末となる今は引っ越しシーズン真っ盛りであり、正常に稼働していない訳アリ物件の依頼が重なる。

いつもの次郎ならあっさりと断るようなものばかりだが、今回は、第六の社長である牧田《まきた》から頼み込まれ、渋々了承したらしい。

普段、牧田が調査の是非に関して次郎に指示することはまずないが、晃の推測によれば、吉原不動産の中で第六の価値を示すため、いわゆる社内政治のためにも、今回は協力せざるを得なかったのでは、という話だ。

大きな事件を起こした吉原不動産は、イメージと業績を回復させるために必死であり、牧田は第六の存在をアピールする絶好の機会だと考えているのだろう。

次郎には、そういう政治的発想は皆無。澪が出会った頃から、そこはまったくぶれていない。

だからこそ、子会社となった第六にとって、そういう重要かつ面倒なことを一手に引き受けてくれる牧田の存在は貴重だ。——けれど。

次々と飛んでくる依頼の単価は相当に安いようで、調査のために稼働するのはいつも次郎のみ。

効率を考えてのことだとわかっているけれど、澪は自分の力不足がもどかしくて仕方なかった。自分にも一人で調査を進められる程の力があれば、次郎の負担を減らせるのに、と。

「澪ちゃん、行こ行こ！　お腹すいた！」

「う、うん……」

背中を押されて我に返り、澪は次郎を気にしつつ、執務エリアを出る。

応接室に戻ると、リアムが満面に笑みを浮かべて立ち上がった。

「さあ、行こうか！……ミオ、ジローは？」

「次郎さんは忙しくて……」

「そっか……、残念。ミオ、そんなにガッカリしないで。ロビーラウンジのランチ、きっと気に入ると思うよ」

「そうだよ。部長さんにはお土産を持って帰ってあげればいいじゃん。どうせ、ロクなもの食べてないんだろうし」

「そっか、そうだよね……」

澪は頷《うなず》き、三人で第六のオフィスを後にする。

ビルを出た瞬間、三月末とは思えないくらいの強い日差しを浴び、澪は思わず目を細めた。

少し前には、はしゃぎながら歩く晃とリアム。

ふと、吉原不動産に入社した当時の、次郎とたった二人だった頃を思い出して、不思議な気持ちになった。

おまけに、当時の次郎は今とは比べものにならないくらいに冷たく、唯一の癒しといえば、時折第六のオフィスにやってくる高木《たかぎ》のみ。

それが、今や第六はずいぶん賑《にぎ》やかになった。

晃が加わり、第六が独立して牧田が社長になり、伊原《いはら》やリアムと繋《つな》がった。オフィスには常に誰かがいて、寂しさを覚える暇なんてない。――はずなのに。

――相変わらず、私は一人前になれてないっていう……。

一人オフィスに残って働く次郎のことを思うと、気持ちが落ち着かなかった。

ふとキラナビルを見上げると、前を歩く二人が同時に振り返る。

「ミオ、ランチのデザートにはアップルクランブルも選べるんだよ。ラウンジで食べると、ジェラートとキャラメルソースが付くんだ」

「リアム、駄目だって。澪ちゃんはダイエット中なんだから。リアムが大量に餌付《えづ》けしたアップルクランブルのせいで」

視線を戻すと同時に手招きされ、澪は思わず笑った。そして大きく頷き、二人に追いつくと間に割って入る。

「ジェラートにキャラメルソース……。ダイエットは中断かな……」

「まじか。誘惑があるたび中断するダイエットの意味」

「食べ終わってから責めて」

落ち込むことも多いけれど、最近は、仲間の存在がより尊く感じられてならない。

かなりの個性揃いだが、澪が悩みすぎずにいられるのは、型にはまった人間が一人もいないこの環境だからこそだと感じている。

「ダイエットなんて必要ないよ。ミオは十分可愛い」

「リアム、ありがとう！」

「長い目で見たら僕の方が絶対に親切だと思うけど」

「楽しみだなぁ、アップルクランブル！」

「うける。全然聞いてない」

ランチどきで騒然とした丸の内に、三人の笑い声が響いた。

澪はひとまず悩みを心の奥へ押し込める。その作業も日に日に難航する程膨らんではいるものの、とはいえ、ポジティブに考えられるような変化がまったくないわけでもなかった。

思えば、入社当時は、霊が怖くて調査が嫌でたまらず、毎日のように部署異動を願っていた。

けれど、今の澪は確実に自分の意志でここにいるし、成長したいという強い思いがある。

この先、どんな怖ろしい体験が待っているかわからないけれど、澪には、それだけは揺らがない自信があった。

「――またお前か。もう引っ越しシーズンは終わったはずだろう」

ここ最近というもの、第六のオフィスに高木がやってくるたび、次郎はあからさまに顔をしかめる。

高木の来訪イコール、例の政治的物件調査依頼だと決めつけているらしい。

「そんな嫌そうな顔しなくてもいいでしょ。お陰で訳アリ物件がどんどん稼働してるし、皆すごく感謝してるよ」

「なら、せめて報酬を上げろ」

次郎がうんざりするのは無理もなく、ここ一ヶ月程、吉原不動産から届く調査依頼は散々だった。

というのも、調査結果の半分以上は霊とは無関係で、心霊現象かと思いきや屋根裏に住み着いたネズミやハクビシンの仕業だったり、電気系統の故障だったり、ただの家鳴《やな》りだったりと、ロクなものがなかった。

つい最近は、アパートの住人の精神状態が次々と不安定になるという、いかにもな依頼があったけれど、それも結局は地盤の歪《ゆが》みが原因だったらしい。次郎によると、住環境が物理的に歪んでいると、精神に支障をきたすことがあるのだという。

次郎のフラストレーションがそろそろ限界値だと、心配していた矢先の高木の来訪には、さすがの澪も不安を覚えた。

しかし、高木はやけに自信ありげに次郎のデスクの横に立ち、分厚い資料を掲げてみせた。

「長い付き合いなんだから、そろそろ次郎の不満が爆発する頃だってことくらいわかってるさ。……今回は、なかなかの依頼だと思うよ」

「……信用できない」

次郎はそう言いながらも、乱暴に資料を受け取る。

デスク越しに澪も覗《のぞ》き込むと、資料の表紙には「リゾート開発計画」と書かれていた。

「今、吉原不動産では、茨城《いばらき》県の海沿い一帯でのリゾート開発計画を進めてるんだ。茨城には阿字ヶ浦《あじがうら》やら大洗《おおあらい》やら人気の海水浴場が多いけど、その中間あたりの比較的穴場のエリアを買い上げて、新たな観光スポットを作ろうとしてる。既に、大手ホテルチェーンをはじめ何社かの誘致《ゆうち》が決まっているんだけど、メインは日本最大級のグランピング施設なんだ」

「グランピングって、ここ数年でよく聞くようになりましたね」

流行《はやり》に疎《うと》い澪ですら、その言葉はよく知っている。

テントや食事など、面倒な準備や片付けをすべて施設がやってくれる、贅沢《ぜいたく》なキャンプだ。場所によっては豊富なアクティビティが用意され、むしろ、キャンプ要素のあるリゾートホテルと言っても過言ではない。

「不便さを楽しむような本気のキャンプも流行《はや》ってるけど、よっぽど好きじゃなきゃ、なかなかハードル高いからね。リアムを見ていても思うけど、キャンプ道具って、集めようと思えばキリがないくらい種類があるし、収納場所も必要だし、ちょっとした興味くらいじゃ手を出しにくいでしょ。グランピングは、そういう需要にうまく刺さっていて、今じゃすっかりレジャーのひとつとして確立してる」

高木の話に、澪は心から納得していた。

第六で働きだしてからというもの、キャンプも同然の泊まり込み調査をいくつも経験してきたけれど、正直、どれも快適とは言い難かった。

その一方、外で過ごすことで非日常的な解放感を覚えたことも否定できないし、そこに惹《ひ》かれる心理もよくわかる。

そんな体験が、煩わしい準備もなく手軽に経験できるのなら、確かに魅力的だ。

「素敵ですね……、ビーチでグランピングなんて」

「でしょ？……ただ、問題があって。まさに今、土地を買収するために営業部がその一帯で交渉を進めているんだけど……、あと一軒、首を縦に振ってくれないんだ」

「えっと……、たったの一軒ですか……？」

澪は首をかしげる。その数字が、想像よりもずいぶん少なかったからだ。

開発計画を進める上で、重要かつ、もっとも慎重に進めなければならない工程として、地主や住人たちへの交渉がある。

もはや難航することは織り込み済みで、門前払いされることなど日常茶飯事であり、年単位で交渉する場合も珍しくない。

もちろん場所にもよるが、たとえば先祖代々守り続けてきた土地だったり、創業何十年にもなる老舗《しにせ》だったりすると、難易度は一気に上がる。

そうでなくとも、長年過ごした場所を離れるとなると、簡単に納得するのは難しいだろう。

澪がまだ吉原不動産に所属していた頃にも、大小様々な開発計画を耳にしたが、どれも、企画から着手までには長い期間を必要とした。

しかし、高木が口にしたのはわずか一軒。大掛かりなリゾート開発としては、ずいぶん順調に思えた。

すると、高木は澪の疑問を察したのか、困ったように溜《た》め息をつく。

「全国的に言えることだけど、海水浴場って夏には人が溢《あふ》れかえるくらい賑わっていても、実は苦戦を強いられてる宿泊施設が少なくないんだ。今回交渉してるエリアには、創業数十年になる民宿が多かったから、とくに顕著《けんちょ》でね。近隣にどんどん新しいホテルやお洒落《しゃれ》なコテージが増える中、民宿の経営が圧迫されて、深刻な客離れに悩んでた経営者が結構多いみたい。ただでさえ、年々リゾートは多様化してるし。……そんな中、吉原不動産が出した条件は破格で、割とすんなり応じてもらえたんだ」

「なるほど……」

「でも……、最後の一軒だけ、どうしても納得してもらえないみたい。『みずなぎ荘』っていう民宿なんだけど」

「みずなぎ荘、ですか」

「そう。……それが、ちょっと訳アリで――」

高木の話によれば、みずなぎ荘は創業五十年と古い民宿だが、一泊二食付きで六千円、素泊まりは三千円と手頃で、昔から主に学生などに愛されてきたのだそうだ。

現オーナーは、初代創業者夫婦の息子にあたる増本賢太郎《ますもとけんたろう》。

初代が経営していた頃の民宿全盛期とは違い、まさに新しくできた宿泊施設の煽《あお》りを受けて年々客足が減る中、吉原不動産からの突然の交渉に、最初こそ、賢太郎はかなり好感触を示していたらしい。

しかし、そこから一転、突如、賢太郎の母である尚江《なおえ》が強く反対した。

その理由には、二十年前に海で失踪《しっそう》した次男、隆也《たかや》が関係しているという。

「――尚江さんは、みずなぎ荘が立ち退きに応じてしまえば、隆也さんが帰ってくる場所がなくなってしまうから駄目だって言ってるらしくて」

「帰ってくる場所、ですか……」

「隆也さんの失踪は、朝、みずなぎ荘の前のビーチに隆也さんのサーフボードが流れついているのを尚江さんが発見したことで判明したらしい。どうやら夜の海で一人っきりでサーフィンをしていたみたいで。夜の海なんて慣れていても危険だし、おそらく事故に遭ったんだろうってことになってるけど、結局、遺体は見つからなかったんだ。今は失踪宣告が出されて法律上は死亡ってことになってるけど……、母親は、なかなか受け入れられないよね」

理由を聞き、澪の心は鈍く痛んだ。

失踪から二十年が経った今もなお大切な人の帰りを待ちたいという思いは、一哉《かずや》の行方を何年も追い続けた、当時の次郎の思いと少し似ている気がした。

「そういう事情があると……、説得し辛《づら》いですね」

会ったこともない相手なのに、つい同情してしまう。

一方、次郎はやれやれと溜め息をついた。

「……で。俺らにどうして欲しいんだ。まさか、その母親を説得しろなんて言う気じゃないだろうな。立ち退き交渉は完全に管轄外だぞ」

　いかにも面倒そうな言い方に、高木は苦笑いを浮かべ、首を横に振る。

「さすがにそんなこと頼まないよ……。今のは全部前置きで、ここからが本題。……っていうのが、実は、『みずなぎ荘のサーファー霊』っていう噂があって」

「え！　それ、知ってる！」

　突如声を上げたのは、静かにパソコンに向かっていたはずの晃。

　晃は耳からイヤフォンを引き抜き、目をキラキラさせて高木を見つめた。

「晃、静かだから聞いてないのかと……」

「ううん。僕のサイトで過去の投稿を検索してた。茨城の民宿とかサーファーとか、なんだか聞き覚えがあるなーと思って！」

　晃が言うサイトとは、自身が運営している「心霊物件情報サイト」のことだ。

　元は、晃が数々の訳アリ物件に住みながら心霊現象をレポートするというコンテンツがメインだったが、晃が更新を止めた今は、物件に限らず様々な心霊スポットの情報がひたすら集まり続ける掲示板サイトとなっている。

「管理人不在だっていうのに、親切な人が盛り上がってるネタをまとめてくれてるんだよねー。……ほら、これでしょ？」

　晃がモニターを向けると、確かに『みずなぎ荘のサーファー霊まとめ』と書かれたページが表示された。

　高木は驚いたのか、晃からマウスを奪って画面をスクロールする。

「本当だ……、すごいな。俺が持ってる情報よりもずっと詳しい……」

「ま、ネットだから、曖昧《あいまい》な情報も多いけどね」

　澪もモニターを覗《のぞ》き込むと、トップに貼られていたのは、動画のサムネイル。その下には、実際に経験した人たちの投稿がピックアップされている。

「あの……、サーファー霊ってことは、失踪した隆也さんの霊をたくさんの人が目撃してるってこと……？　みずなぎ荘は、心霊スポットになっちゃってるってことですよね……？」

　だとすれば、リゾート開発が予定されている一帯は、この心霊スポットを含むということになる。

　澪の問いかけに、晃のモニターに見入っていた高木がふと我に返った。

「えっと……、順を追って説明するね。まず、ことの発端となったのは、このサイトのトップにも貼ってある動画。七、八年くらい前に、大学生たちが撮ったもので――」

　高木によると、動画を撮影したのは、みずなぎ荘に泊まっていた大学生のグループ。夜中にビーチではしゃぐ大学生たちの背景に、サーファーらしき人影が映り込んでいるらしい。

その映像が騒がれはじめたのは、大学生たちが有名動画サイトでその動画を公開した直後のこと。

視聴者の一人が、月明かりすらない真夜中の海でサーフィンなんて不自然ではないかとコメントを残したことをきっかけに、やがて、霊感があると自称する人たちが本物の霊だと騒ぎはじめ、またたく間に噂が広がったという。

そうなれば、過去に実際に起きた失踪事件のことが掘り返されるのも時間の問題だった。間もなく霊の正体は隆也だと特定する者が現れ、信ぴょう性の高い心霊スポットとしてみるみる知名度を上げ、今や、現地に興味本位で訪れる者が後を絶たないという。

「――しかも、訪れた人たちが、そこそこ心霊現象っぽいことを体験してるみたいなんだ。実際にサーファーの霊を視たって人もたくさんいる。……本当かどうかはわからないけど」

「……ネットの悪い一面だな。無責任な発言と、その拡散力」

次郎はうんざりした様子で、背もたれに深く背中を預けた。

高木も神妙な表情を浮かべる。

「本当にそう思う。……で、ここまで話が大きくなって実名まで出てしまえば、当然、賢太郎さんや尚江さんの耳にも入るわけ。……どんな気持ちになるか、想像しただけで胸が痛いよ」

「確かに……、可哀想ですね……」

澪は、賢太郎や尚江が気の毒に思えてならなかった。

次郎が言った通り、ネットの拡散力は恐ろしく、一度広がれば根絶するのは難しい。ただでさえ心霊現象のマニアは多いし、今回のように実際に起こった事件と結び付けられてしまうと、関係者たちの心を深く傷付けかねない。

「それで……、少し話は戻るけど、その噂を耳にした尚江さんは、隆也さんが浮かばれずに今もまだ彷徨《さまよ》ってるって考えたんだ。二十年経って、せっかく隆也さんを失った辛さを乗り越えようとしていたのに、また塞《ふさ》ぎ込んでしまった。……で、思い悩んだ挙句、霊能者を呼んだらしい。……五年くらい前かな」

「霊能者……？」

「それがまた、いかにも問題ありげな感じでね……。これは営業部が賢太郎さんから聞いてきた話なんだけど、霊の正体が隆也さんだって騒がれはじめた頃、尚江さんが人伝《ひとづ》てに聞いた霊能者に相談したんだって。……結果、霊能者から指示されたのは、隆也さんの魂の居場所を守り続けろってこと。そのために、ビーチに慰霊碑を作って毎日祈りなさいって指示されたみたい。ちなみに、相談にも慰霊碑にも、とんでもない額を請求されたとか」

高木の話を聞きながら、次郎は額に手を当て天井を仰いだ。

「……明らかに悪徳だろ……。真っ当な霊能者なら、今生きている人間の生活を縛るような助言をすることなんて、ほとんどない」

「俺もそう思う。だけど、霊みたいな曖昧なものって自分じゃどうにもできないし、信じちゃう気持ちもわかるよ。……ただ、状況は好転するどころか、目撃情報は減らず、噂は広がる一方で、むしろ、慰霊碑なんかが建っちゃったものだから、心霊スポットとしてよりハクがついちゃって……」

「だろうな」

慰霊碑は、完全に裏目に出てしまったらしい。ただ、ＳＮＳにあまり馴染《なじ》みのない世代の人間に、こんな展開を予想しろと言うのは酷な話だ。

そのとき、サイトをスクロールしていた晃が、突如モニターを指差す。

「ってかさー、みずなぎ荘のビーチでの目撃情報、ビーチに怪しい足跡がついてたって感じの子供騙《だま》しなやつも多いんだけどさ、……見て、これとか、ちょっとやばくない？」

見れば、そこにはネットニュースのキャプチャが貼られていた。記事のタイトルは、『狙われたサーファー。地元で広がる怨念《おんねん》の噂』。

内容は、みずなぎ荘に宿泊していたプロサーファーが海で溺《おぼ》れて病院に運ばれたというもの。助け出されたときは意識もなく危険な状態だったが、駆け付けた救急隊員の処置により息を吹き返したらしい。

それだけなら特におかしな点はないが、問題は、意識を取り戻したサーファーの後日談。「海の中で誰かに足を引かれた」と語り、事故以来すっぱりサーフィンを止めてしまったという。

「救急車呼んでるし、事故は嘘じゃなさそう。足を引っ張られた云々《うんぬん》はわかんないけど、サーフィンを止めたって聞くと、よっぽど怖い目に遭ったのかなって思っちゃうよね」

「……噂に感化された思い込みだろう」

「そうかもだけど、この事故をキッカケに、お遊びだった噂は明らかに違う局面を迎えてるよ。ざっと読んだけど、みずなぎ荘で〝隆也の怨念説〟が浮上したのはこの記事が広まった頃からだし。隆也さんが誰かを道連れにしようとしてる……っていう考察で超盛り上がって、元スレッドも伸びまくってる。あまりに盛り上がりすぎて、遺族のことなんて誰も頭になさそう」

「……怨念なんて言われたら、尚江さんは余計に気に病んじゃいますよね……」

彷徨っているだけに留《とど》まらず、人を襲っているとまで囁《ささや》かれ、噂はすごい勢いで悪化の一途を辿《たど》ったようだ。

「そりゃ、立ち退きなんて簡単には応じられないですよね。息子が無念を抱えてるのかもしれないって思いながら、他所《よそ》へ行こうなんて……」

「そう。――っていうわけで、上層部に提案してみたんだ。噂の真相を明らかにするために、第六に調査依頼を出してみたらどうかって」

「え……っと？」

急な展開に、澪の頭は混乱した。

ただ、思い返せば、そもそも今日高木が来訪した目的は、第六への依頼。話に感情移入しすぎたせいか、澪はその事実をすっかり忘れていた。

すると、高木は資料を掲げながら、にっこりと笑みを浮かべた。

「本当に隆也さんの仕業なのかどうかも含め、まずは真相を明らかにして、その上で交渉した方がいいんじゃないかって思ったんだ。本当にすべてが隆也さんの仕業だったとしても、原因がわかれば無念を晴らしてあげられるし、浮かばれるかもしれない。それで噂が落ち着いたら、尚江さんもこっちの提案に耳を傾けるかもしれないからね。……つまり、営業が延々通って説得するよりも、第六に依頼して根本から解決した方が絶対に効率がいい」

「なる、ほど……？」

ずいぶん簡単に語っているが、高木の言葉には説得力があった。

確かに、立ち退き交渉を進めるためには、ひとまずよくない噂をなんとかする必要がある。

ただし、調査を請けるか否かはすべて次郎次第。皆の視線が自然と次郎に集まり、同時に高木は資料の中から一枚の紙を差し出した。

「ってわけで……、次郎、これが報酬の見積もり」

まるで台本でもあるかのようなタイミングに、次郎は眉《まゆ》を顰《ひそ》める。

ただ、いつもと違ってやたらと自信ありげな高木の様子から、それが破格であることは確認するまでもなかった。

普段の吉原不動産からの依頼は、軒並み報酬が低い。次郎が一瞬で突き返す光景を、澪は何度も目にしてきた。

けれど、次郎は見積もりを見るやいなやピクリと瞳《ひとみ》を揺らす。――そして。

「……この開発計画には、ずいぶんと命運をかけてるようだな」

その反応は、報酬額が十分であることを意味していた。高木は満足そうな笑みを浮かべ、深く頷《うなず》く。

「そりゃあ、もう」

「この後、伊原が依頼を持ってくる予定になっていたが……」

「いくらなんでも圧勝だと思うよ、今回は」

「……だが、最終目標は立ち退きの合意だろう。解決したところで、合意が得られなかったらどうする」

「大丈夫。その見積もりはあくまで調査のみだし、結果の保証までする必要ないよ。まあ、結果如何《いかん》ではさらに上乗せもできるかも」

「…………」

高木との交渉で、次郎が圧《お》されるのは珍しい。高木が必死に頼み込んで渋々請けるというのが、定番の光景だからだ。

澪は固唾《かたず》を飲んで二人を見守る。

すると、高木は駄目押しとばかりにさらに畳みかけた。

「請けてくれるなら、俺からみずなぎ荘に調査のことを打診しておくよ。一度悪徳霊能者に依頼したことを考えても、心霊現象にはそこまで懐疑《かいぎ》的じゃないみたいだし、調査はやりやすいと思う。もちろん泊まり込み調査にも付き合うし、なんでも協力する」

高木は必死だが、次郎の表情を見る限り、もはや答えは出ているも同然だった。

次郎は見積もりから外した視線を澪に向ける。

「……澪。ここで起こってる心霊現象を洗ってくれ。今回はいい加減な情報が多そうだから、念入りに事前調査をする」

「え！　は、はい……！」

その指示は、交渉成立を意味していた。

高木はほっと息をつく。

久しぶりに見た達成感溢《あふ》れる表情に、なんだか澪まで嬉《うれ》しくなった。

「よかった……。じゃあ、早速会社に戻って報告するよ。伊原さんには申し訳ないけど、よろしく伝えておいて！」

「あ、はい……！　って、もうお帰りですか……？」

「次郎の気が変わらないうちにね」

高木は皆に手を上げ、早速エントランスへ向かう。澪が慌てて後を追うと、高木はいつもよりも少し明るい表情で澪の肩をぽんと叩《たた》いた。

「よろしくね、澪ちゃん」

「は、はい！……けど、なんだか高木さん、すごく熱が入ってましたね……。それに、いつもよりさらに協力的っていうか……」

密《ひそ》かに感じていた疑問を口にすると、高木はさらに笑みを深める。

そして、口の前に人差し指を当て、小さく手招きした。

「……最近、牧田社長の地道な努力が実って、吉原不動産内での第六の存在感が増してきてるからね。今回の件が上手《うま》くいけば、しばらくは安泰かなって。……もちろん、俺も第六率いる牧田勢力だよ。……ただ、次郎はそういう政治を嫌うから、黙っててね」

「そういうことですか……。確かに、次郎さんはここ最近、牧田さん経由の細かい依頼をかなりこなしてましたしね」

「俺が頼んだら一瞬で蹴《け》られちゃうやつでしょ？　牧田さんのお陰で、いい流れだ」

高木のこういう次郎思いなところは、第六が吉原不動産の一部署だった頃から変わっていない。高木はいつだって、次郎が自由に調査できるよう陰でサポートしつつ、頭の固い上層部に掛け合ってくれていた。

高木の話を聞き、第六はやはり高木の存在あってこそだと澪はしみじみ思う。

「いつも第六のことを考えてくれて、ありがとうございます。高木さんがいてくれて、本当に心強いです」

「いやいや、好きにやってるだけだよ。第六は俺にとっても大切な場所だから」

「高木さん……」

高木は少し照れ臭そうに笑うと、第六のオフィスを後にした。

エントランスで一人になった澪は、これから始まろうとしている調査のことを思い、深呼吸をする。

いくら経験を積んでも怖いという気持ちは拭《ぬぐ》えないが、高木の思いを知った今、調査に対する覚悟も気概も十分だった。——しかし。

「マメ……？」

最近、澪を悩ませているのは、マメのこと。

ここしばらくというもの、マメは名前を呼んでもなかなか姿を現さない。

初めて些細《ささい》な違和感を覚えたのは、少し前に、伊原の依頼で勝手に動くベンツの調査を進めていた頃。最初は勘違いだろうと思ったけれど、マメが姿を現す時間は日に日に減り、不安はどんどん膨らんでいる。

「マメ……、どこ……？」

マメを呼ぶ声が、ついつい焦りを帯びる。

澪はエントランスをウロウロしながら、マメの姿を捜した。

するとそのとき、突如バタンと激しい音が響いてエントランスの戸が開き、伊原が顔を出した。

「うわっ！」

「きゃぁっ……！」

あまりの勢いに、澪は思わず悲鳴を上げる。

すると、伊原は大袈裟《おおげさ》に肩をすくめた。

「あー、びっくりした。中からブツブツ声が聞こえると思ったけど、澪ちゃんだったのか……」

「も、もうちょっと静かに入ってきてもらえませんか……」

「いやー、もし霊だったら勢いで追い払おうかなって。ってか、あんまり怪しいことばっかしてると、さすがの次郎くんにも引かれちゃうよ？」

「心から余計なお世話です」

澪は伊原を睨《にら》みつける。そのとき、突如、足元でふわっとした感触を覚えた。視線を向けると、そこには、尻尾《しっぽ》を振りながら見上げるマメ。

「マメ……！」

澪はその体を抱え上げ、お腹に頬を寄せる。

『わぅ』

「よかった……、なかなか出てこないから、心配したよ……！」

「……ひとり言は多いし、ペットは霊だし。……見た目がいかにも平凡な子に限って実はやばい説、あるよね」

「……伊原さん」

「ん？」

「今日の依頼は諦《あきら》めてくださいね。先約の方を請けちゃいましたから」

「は？」

「では、次郎さんは間もなく来ますので、応接室にどうぞ」

ポカンと口を開ける伊原の様子に少しスッとしながら、澪はエントランスを後にする。

腕の中には、よく言ったとばかりに尻尾を振るマメ。その表情を見ていると、唐突に、心がぎゅっと震えた。

「……マメ」

『クゥン』

「マメが好きなお菓子、食べる？」

『わん！』

澪は給湯室で伊原に出すコーヒーをセットし、マメ用にストックしてある携帯食料を棚から取り出す。

落ち着きなく足元をウロウロするマメの気配が、愛《いと》しくてたまらない。けれど、それでも不安が消えることはなかった。

確実になにかがおかしいことはわかっているのに、知るのが怖くてこれ以上追及することができないでいる。

いつまで自分を誤魔化し続けられるだろうか、と。確実にやってくるリミットを、肌で感じていながらも、なお。

後日、早速高木がみずなぎ荘のオーナーである賢太郎に心霊調査の打診をしてくれ、予想していた通り、とくに問題もなく承諾を得ることができた。

経営している民宿が心霊スポットという扱いを受け、しかも霊の正体は自分の身内だと騒がれてしまえば、藁《わら》にもすがりたい心境になっても不思議ではない。

みずなぎ荘の経営に限界を感じている賢太郎としては、調査によって事実が明らかになり、尚江を説得できるのなら良いことしかないと話していたらしい。

ともかく、こうして第六によるみずなぎ荘の調査決行が正式に決定した。

現地での泊まり込み調査を行うのは、ゴールデンウィーク期間。理由は、同行すると張り切ってくれている高木の休暇に合わせるためだ。

当日までは、二週間。最近の調査はどれもスケジュールがタイトだったけれど、今回はしっかりと事前調査をする余裕があった。

澪が最初に取りかかったのは、二十年前に失踪《しっそう》した隆也のパーソナリティをはじめ、現地で起きた事故の詳細など、基本情報の収集。

ただ、二十年前は今のようにＳＮＳが普及しておらず、主な情報源は『みずなぎ荘のサーファー霊』の噂の発端となった、ネットの掲示板。気になる情報を拾いつつ、地道に検証していくしかなかった。

投稿は匿名であり、裏を取ることが難しい上に信ぴょう性も低いが、情報量は圧倒的に多い。澪は過去の投稿を遡《さかのぼ》って、報告されている内容をチェックした。

驚いたのは、隆也本人の画像が数多く残っていたこと。

隆也は当時プロサーファーを目指していて、その界隈《かいわい》ではかなり名が知られていたらしい。アマチュアの大会で表彰台に立ち、嬉《うれ》しそうにメダルを掲げる画像がいくつも貼られていた。

隆也の姿を見た瞬間、最初に頭に浮かんだのは、自分とは真逆の人種であるという感想。

なにより、隆也はモデルや俳優顔負けの美形だった。それに加え、真っ黒に焼けた肌に金髪に近い長めの髪。いたって地味な人生を送ってきた澪が、もっとも関わりを持つことのないタイプだ。

「――うわ、チャラいねー。これは相当遊んでるでしょ」

突如背後から聞こえた声に、澪はビクッと肩を揺らした。振り返ると、苦笑いを浮かべた晃がモニターを覗《のぞ》き込んでいる。

一瞬、自分の心の声が漏れてしまったのではないかと思った澪は、ほっと息をついた。

「この人、相当モテただろうね。この見た目でサーフィンが上手《うま》いとか、もはやチートだわ。女の子は放っておかないだろうし、きっと派手な生活を送ってたんだろうなー」

「晃くん……、亡くなった方にそんな言い方……」

「澪ちゃんだってそう思ってたくせに」

「そ、そんなことは……」

澪は動揺を隠すため、モニターに視線を戻す。

画面をスクロールすると、綺麗《きれい》な女性に囲まれて写る隆也の写真が次々と表示された。

「ほら。女の子も派手だし美人ばっかり。きっと、涙を呑《の》んだ女の子も数々……」

「晃くん……」

澪は、想像がどんどん飛躍していく晃を止める。そして、気になる情報を箇条書きしていたメモをモニターに表示させた。

「ただ、隆也さんの情報って案外少なくて。プロサーファーを目指してたってことはわかったけど、それ以外は曖昧《あいまい》な情報ばかりなの。知り合いだって主張する人もあまりいないし、遊んでたって言うけど意外と人と関わってなかったのかも」

「へー、意外とするどい考察。ってかさ、僕よくわかってないんだけど、プロサーファーってどうやったらなれるの？　収入とか、どうなってんだろ」

「……そういえば、そうだね」

サーフィンは、初めてオリンピックの競技に採用されたこともあり、今やすっかりメジャースポーツだ。

ただ、経験のない澪には知らないことがあまりに多く、プロの活動に関しても、まったく想像ができない。

早速ブラウザを開き検索をかけると、すぐに多くの情報が検出された。

プロサーファーへの道のりがまとめられたウェブを見付けて開いてみると、晃が興味津々な様子でモニターに向かって身を乗り出す。

「うわ、プロサーファーって、思った以上に狭き門」

記事を見る限り、澪の感想も、晃とまったく同じだった。

日本でプロになるためには、プロトライアルというテストを受け、連盟からプロ認定を受ける必要があるらしい。ただ、それを通過するのはとても困難らしく、現在プロ資格を持つ者は数百人と少ない。

さらに、プロサーファーとしての主な収入源は、出場する大会で得られる賞金だという。とはいえ、たとえ上位者であっても賞金で得る収入は年間二、三百万程。

海外にはスポンサー契約で億単位で稼ぐプロサーファーも存在するというが、日本でスポンサーが付く例はまだまだ少なく、多くのプロサーファーは、サーフショップを経営したりと、別の収入源を持っているらしい。

「つまり、純粋に賞金だけで収入を得ようと思ったら、大会で入賞し続けなきゃいけないってこと……？」

「……だったら、よっぽど好きじゃなきゃプロは目指せないよねー。大会で勝ち続けるとなると、練習にもかなりの時間を割くんだろうし、副業との両立もきつそう……」

　確かに、あくまでプロを目指すなら、サーフィンというスポーツはなかなか過酷だ。もちろんどんなスポーツにも言えることだが、プロになってもなお十分な収入を得られる保証がないとなると、晃が言う通り、よほど好きでなければまず目指せない。

「まあ、実家が海沿いで民宿を経営してるとなると、目指す環境としては最適だよね。ってことは、隆也さんのお兄さんの賢太郎さんも、サーファーなのかな」

「わかんないけど、その可能性はあるね」

「ま、それは調査には関係ないか。とりあえず、隆也さんはサーフィンがすごく好きだったってことはよくわかった。じゃ、僕コンビニ行ってくるから、続き頑張ってね、澪ちゃん」

「うん、ありがとう」

　晃はそう言い残し、あくびをしながら去っていった。その、いかにも飽きたと言わんばかりの態度に、澪はやれやれと溜《た》め息をつく。

基本的に、晃は霊の持つ背景には無関心であり、興味の対象はあくまで心霊現象そのもの。

第六の調査では、映像にはっきりと霊の姿が映ることが多く、霊感のない晃にとってはそれがたまらないらしい。

澪にはまったく理解できないが、パソコンやネットワークはもちろん、映像関連の機器全般に対してのリテラシーが桁外《けたはず》れに高い晃は、あっという間に次郎の右腕となり、第六にはなくてはならない存在となった。

一方、澪ができることは、次郎から唯一称賛されている強い霊感を生かした、現地調査での霊とのコンタクト役。

重要な役割だという自負はあるものの、自分で祓《はら》うことのできない澪は、結局いつも次郎の手を煩わせてしまう。

「体を張る役割しかないのに、それすら力不足だし……。せめて、事前調査でバリューを出さなきゃ……」

優秀な人間に囲まれていると、自分への課題がとめどなく出てきて、いつもプレッシャーを感じてしまう。

澪は一度深呼吸をし、情報収集を再開した。

次に行った事前調査は、ことの発端となった、大学生たちが撮影した動画の検証。動画サイトに有名私立大学のサークル名で投稿されているそれは、今でも視聴回数を伸ばし続けているという。

次郎、晃、澪の三人は、執務エリアに集まり動画を再生した。

動画は全部で二十分程。

最初に映し出されたのは、夜の砂浜で騒ぐ、十人前後の学生たちの姿だった。

辺りはすでに真っ暗で、灯《あか》りはいくつか並べられたランタンのみ。周囲に確認できるのは、終わりかけのバーベキューの網や、テーブルの上に散らかる大量の酒の空き缶。

かなり遅くまではしゃいでいたのだろう、撮影者もずいぶん酔っぱらっているのか、映像はフラフラと揺れていた。

やがて、撮影者は参加者たちを順番に回りながら、「今年の夏の目標」や、「大学でやり残したこと」など、たわいのない質問をはじめる。参加者たちもまた「彼氏を作る」とか「バイクの免許を取る」など、楽しそうに答えていた。

「うわー……、絵に描いたようなお気楽な大学生……」

晃の呟《つぶや》きに、澪も密《ひそ》かに同意していた。

澪が大学生だった頃にも似たような雰囲気のサークルはいくつかあったけれど、いたって地味な学生生活を送っていた澪にとっては、まったく別世界だった。

「質問の雰囲気的に、最後の夏休みみたいだし……、ハメを外しちゃってるのかもね」

「まーそもそも内輪用に撮ったものだろうから、僕が文句言う筋合いもないけど。こんなに拡散されるなんて、本人たちが一番驚いてるだろうし」

映像は、その調子で十分以上続いた。

やたらと揺れる画面を見ているとだんだん気持ちが悪くなってきて、澪は思わず目を逸《そ》らす。

すると、次郎が一旦《いったん》再生を止めた。

「酷《ひど》い映像だな。……ちなみに、澪はここまでの映像でなにか視えたか？」

「なにも……。次郎さんは……？」

「いや、なんの気配もない」

これまでの経験上、霊が映り込んだ映像には、最初から、心がざわざわするような妙な違和感を覚えることが多い。

けれど、次郎に言われて改めて考えてみると、今のところ、この映像からはなにも伝わってこなかった。検証していることすら忘れそうになるくらいに。

それはそれで、少し不自然にも感じられた。

「とりあえず、一旦最後まで見る。澪、具合は」

「大丈夫です。お願いします」

澪は深呼吸をし、ふたたびモニターに注目した。

映像が再開すると、相変わらずゆらゆらと揺れる画面に澪はつい顔をしかめる。映像の残りは、約七分。投稿されたコメントによれば、その中に隆也らしき影が映り込んでいるはずだ。澪は必死に集中を保ちながら、モニターを見つめる。

すると、残り五分を切った頃、突如、撮影者が交代した。

新たにカメラを受け取った男は、「撮影者が酔いつぶれたので交代しまーす」と解説を入れながら、折り畳みチェアでぐったりと脱力する男を撮る。

皆の笑い声が響き渡った後、男はこれまでより少し安定した動きで撮影をはじめた。

おそらく、カメラ操作に慣れているのだろう。皆が騒ぐ様子を俯瞰《ふかん》で捉《とら》え、揺れもほとんどなく、澪はほっと胸を撫《な》で下ろす。しかし、——そのとき。

突如、一人の女性が立ちあがり、波打ち際の方向を指差した。そして、「ねえ、誰かが海から上がってきたけど……もしかしてサーファー？」という声をきっかけに、カメラが海の方へ向けられる。

その瞬間、——澪の背筋がゾクリと冷えた。それがなにを意味しているか、経験上、わからないはずがなかった。

画面は真っ暗で、なにも確認できない。けれど、——確実に、なにかがいる、と。

自分の感覚が、そう訴えかけてくる。

やがて、数人がざわざわと騒ぎはじめた。こんな時間にサーフィンをするなんてと呆《あき》れる者もいれば、かっこいいとはしゃぐ者も、中には、どこにいるかわからないと訴える者もいた。

やがて、その中の一人が、「どこに泊まってるんですか？」と大声で質問を投げかける。同時に、カメラは人影を狙い、最大にズームされた。

「っ……」

澪は、思わず息を呑《の》む。

カメラが捉えたのは、ビーチを歩く男のシルエット。長髪で、脇にサーフボードを抱えている。

その雰囲気は、澪が昼間に掲示板で見た隆也の姿とよく似ていた。

大学生たちはそれが霊だなんて疑いもしない様子で、返事をもらえないことを楽しげにネタにしている。

やがて、撮影者はその人影が見えなくなるまで追った後、「あの道って、みずなぎ荘の宿泊者専用でしょ？　だったら、あの人もみずなぎ荘に泊まってんじゃん」と口にした。

そして、映像はプツリと途切れる。

しかし、終わったはずの映像には、突如、後から編集されたらしい文字が浮かび上がった。

それは、「後日確認したら、みずなぎ荘に泊まっていたのは僕たちだけでした」というもの。

おそらく、話題になった後、ホラー仕立てに加工したのだろう。どうやら、当の本人たちはさほど怖がってはいないらしい。

一方、再生が終わってもなお、澪の心のざわつきは収まらなかった。

「ってか、結構はっきり映ってたよね？　今のが隆也さんなの？」

晃はすっかり興奮した様子で、すぐに動画のシークバーを操作し、隆也らしきシルエットが映っている箇所で止める。

澪はその姿を改めて確認し、頷《うなず》いた。

「多分……。掲示板の写真で見た隆也さんの雰囲気と、すごく似てるし……」

「確かに。それにサーフボード持ってるしね。過去に起きたサーファー失踪《しっそう》事件と辻《つじ》褄《つま》が合っちゃうし、そりゃ、誰でも隆也さんだって思うよね」

晃の言う通り、これだけ特徴が合えば、隆也でないと主張する方が逆に難しい。

そのとき、次郎がふいにモニターを指差した。

「おい、これを見ろ」

次郎は、隆也らしきシルエットの足元を指差していた。

確認できるのは、足首から伸びる紐《ひも》。澪は眉根《まゆね》を寄せる。

「足首になにか絡んでますね……」

「これはリーシュコードだ。サーフボードと足首を結ぶものだが……、引きずってるように見える。どうやら、切れてるみたいだな」

「あ、これがリーシュコードなんですね……」

思い出すのは、掲示板に投稿されていた現地での体験談。その中に、不自然なタイミングでリーシュコードが切れたというものがいくつかあり、気になって検索したところ、体からサーフボードが離れないよう、足首と繋《つな》ぐためのものだと書かれていた。サーフボードを繋ぎとめておく理由はいろいろあるが、たとえば波に飲まれたときに、流されたサーフボードが他のサーファーに衝突する事故を防いだり、また、自身が溺《おぼ》れてしまったときの命綱にもなるため、誰もが必ず利用しているという。

そして、拡大された映像では、確かに足首から伸びた紐を引きずって歩いているように見えた。

「本当ですね……、切れてる……」

「隆也さんの失踪のときも、サーフボードだけが流れ着いたって話だったよね」

晃の言葉に、澪は頷く。そして、もはやこの映像に映っているのは隆也で間違いないだろうと確信していた。――しかし。

「……ねえ、隆也さんって、やっぱ誰かを恨んでたりすんのかな？」

　ふいに飛んできた晃の質問に、澪は考え込む。

「恨んでるかって言われると……」

　引っかかっているのは、こんなにもはっきりと映っているというのに、あまり不穏な感情が伝わらないこと。霊が映り込んだ映像を見ていると、大概の場合、酷い寒気や頭痛に襲われるものだが、これに関してはまったくない。

「違うの？」

「なんだろう……、そこまでネガティブな感じがしないっていうか……」

「へー、二十年も彷徨《さまよ》ってるのに……？　でもさー、海の中で足を引っ張られた人もいるじゃん。無感情でそんなことしないでしょ」

「そう、なんだけど……」

　真実かどうかは置いておいても、現地で報告されている事故には、晃が言うように危険なものもある。

　澪が黙り込むと、次郎は映像を消して立ち上がった。

「この映像だけで結論を出す必要はない。変な先入観は後々邪魔になるから、あくまで資料のひとつと考えた方がいい」

「わかりました……」

確かに次郎の言う通りだと、澪は頷き、自分のデスクに戻る。

ただ、砂浜を歩く隆也の姿は妙に印象に残っていて、脳裏に貼り付いたまましばらく離れなかった。

そして、この案件は思っているよりも複雑なのではないか、と。

まだ調査をはじめたばかりだというのに、澪は、なんとなくそんな予感を覚えていた。

事前調査を進めること、十日。

現地調査まであと四日と迫ったある日、高木が、隆也の失踪現場で過去に起きた事故の資料を持ち、第六にやってきた。

それらは、地方紙にしか掲載されない小さいものばかりだったけれど、奇妙な点がいくつかあった。

「茨城は海水浴場だらけだし、もっと人がごった返してるエリアもあるのに、みずなぎ荘の周辺ばかり、やたらと事故が多いんだよね」

「隆也さんが失踪したあたり、ってことですよね」

「だね。……まあ、潮の流れや地形が関係してるのかもしれないけど……、気になる事故もあって。……見て、これ」

　高木がファイルの中から取り出したのは、プリントされた一枚の画像。

　それを見た瞬間、澪は目を見開く。

「高木さん、これ……」

「これは、さすがに自作自演じゃないよね」

　写っていたのは、男の足首。ただし、そこにはくっきりと人の手形が残っている。

「掲示板で、プロサーファーが足を引っ張られたっていう体験談を見たでしょ？　嘘か本当か怪しいって思ってたけど、この痕《あと》を見ちゃうと否定できないよね」

「……これ、どこで……？」

「本人から話を聞きたくて、捜したんだよ。幸い元プロサーファーだったから、一般人より簡単にSNSが見つかってね。彼が事故に遭った五年くらい前の投稿を探したらこの手形がついた画像が出てきたから、ダイレクトメールで聞いてみたら返信をくれたよ。彼によると、当時は波もさほど高くなくて、波待ちをしてるときにいきなり足を引かれたんだって。振りほどけないまま意識を失って、幸い救急隊から救われたものの、リーシュコードは切れてるし足首にはこんな痕が付いてるしでゾッとしたって言ってた」

「怖いですね……」

無念を抱えた霊は、容赦がない。澪自身も、数々の調査を進める中で、命の危険を感じる程の怖ろしい経験を何度もしてきた。

ましてや、海の中のように行動が制限される場所で遭遇してしまえば、とても冷静ではいられないだろう。想像しただけで全身がゾクリと冷えた。

「あまりに強い力で引っ張られたから、最初はサメでも出たのかと思ったみたい。彼はサーフィン歴が長くて、比較的冷静に対処できたからこそ大事には至らなかったんだろうけど……。それでも、後で隆也さんの事故を知ったときは、あまりに気持ち悪いからお祓《はら》いをしてもらったらしいよ」

「お祓いを……」

「うん。それ以降、あの周辺の海には行っていないって」

澪はふと考え込む。

今聞いた怖ろしい話と、大学生たちの映像に映り込んでいた隆也らしき影から受けた印象が、頭の中でうまく繋がらなかったからだ。

「ちなみに、同じ場所で亡くなられた方はいるんですか……？」

澪が考えたのは、隆也以外の仕業ではないかという可能性。しかし、高木は首を横に振る。

「重傷を負った人はいるけど、死者はいない。そもそも、みずなぎ荘の周辺のビーチは事故が多いこともあって、ここ数年は、自治体がライフセーバーのいるシーズン中を除いて遊泳の自粛をお願いしてるらしいよ。だから、シーズン中以外はほとんどサーファーしかいないし、それも、上級者ばかりみたい」

「逆に言えば、分母が小さいぶん事故率が高いってことですよね。……ってか、どうして上級者ばかりなんですか……？」

「付近の港の開発が関係してか潮の流れが変わって、時間帯によっては波が岩場の方に流れるんだって。素人《しろうと》には危険だし、サーフィンしてるのは昔からあの辺りをホームにしてるサーファーしかいないそう。ま、わざわざ危険な場所を選ばなくても、茨城には他にも有名なポイントがたくさんあるしね」

幸いというべきか、事故の被害者の多くは海に慣れていて、死者が出るような最悪な事故は免れているようだ。

しかし、死者が他にいないのなら、事故の原因が隆也である可能性は拭《ぬぐ》えない。

「……澪、どうした」

考え込んでいると、ふいに次郎から声をかけられた。

「えっと……、隆也さんの仕業っていうことに、どうもしっくりこないというか……。もっと他にも隆也さんが映ってる動画が見られればなって思うんですけど、見つからないですし……」

「確かに、動画は例の大学生が撮影したものしかないな。……溝口《みぞぐち》、どうだ？」

「うん、他にはないね。ここは今や立派な心霊スポットだから、怖い噂や体験談は探せばいくらでもあるけど、ちゃんと映ってる映像はアレだけ。閲覧を伸ばす目的で創作されたっぽい動画ならいくつかあったけど、見てみる？　本物の霊が映ってるかどうか、僕には判断できないし」

「うん。一応見てみたい」

「ん。じゃ、まとめておくね」

「なら、それはお前らに任せる。……とはいえ、もはや現地に行った方が早そうだな。これだけ情報が多いと、逆に混乱する」

次郎はそう言い、溜《た》め息をついた。

澪も毎日掲示板の投稿を確認しながら感じていたけれど、確かに、今回の件には真実かどうか怪しい情報があまりにも多い。

心霊スポットとして騒がれはじめてから何年も経つぶん仕方がないことだが、それらすべての情報を精査するくらいなら、確かに、いっそ現地に行った方が早いように思えた。

――実際に隆也さんに会って、直接話を聞けたら……。

数年前の澪なら、自ら霊とのコンタクトを望むなんて、まずあり得なかったことだ。

しかし、第六が独立してからは特に、役立つようになりたいという焦りの方が、恐怖をやや上回っている。

そして、霊の意志を直接聞くことができるのは、霊感が強く憑《つ》かれやすい体質の澪だけが持つ特殊な能力だ。まだ思い通りにはいかないが、その能力こそが、澪が自信を持つための唯一の糧となっている。

今の澪の目標は、独り立ちすること。できれば、次郎が安心して調査を任せられるくらいに。

澪は、目前に迫る現地調査のことを思い、気持ちを奮い立たせた。

*

世間はゴールデンウィーク真っ只中《ただなか》の五月頭。澪たちは、ついに現地調査を開始すべく茨城へ向かった。

暦上はまだ春だが、気温は二十度をゆうに超え、太陽の光をギラギラと反射する海は、すでに夏の色をしている。

次郎の車の後ろを走るのは、高木のレクサス。高木は有給休暇を駆使し九連休を取ったというが、万が一会社でトラブルがあったときのため、自分の車を出した。

「澪ちゃん見て！　海！」

「わぁっ……！　綺麗《きれい》……！」

後部シートの晃は窓にべったりと張り付き、無邪気に海を眺めている。千葉《ちば》で保養施設の調査をしたときもそうだったように、海を見るとテンションが上がるらしい。

普段、ほとんどの時間をディスプレイの前で過ごしている晃にとって、雄大な自然の風景を眺める機会は希少なのだろう。

「海も空も真っ青だし、東京とは空気が全然違う！」

「わかる！　全然ちが……ってか、あまりはしゃいでる場合じゃないよ。今から調査なんだから」

「……情緒不安定すぎない？」

今回は絶対にスキルアップするのだと意気込んできたはずの気持ちがつい浮ついてしまって、澪は慌てて首を横に振った。

そんな澪に、次郎も怪訝《けげん》な表情を浮かべる。

「着いてもないうちから無駄に気合いを入れるな。調査が始まってからに取っておけ」

「す、すみません……」

「ほら怒られてんじゃん。澪ちゃんはオンオフの切り替えが下手すぎるんだって」

「放っておいて」

返す言葉もなく、澪は海を眺めた。

晃が窓を開けると、たちまち車内に潮の香りが広がり、澪は胸いっぱいに空気を吸い込む。

そして、晃から何気なく言われた「オンオフの切り替えが下手」という言葉を、頭の中で繰り返した。

確かに、ここ最近というもの、澪の頭の中は仕事に対する焦りでいっぱいだった。最近では、休日すらも延々と考えごとをしてしまう。

——そういえば、どうやって切り替えてたんだっけ……。

ひとつ思い当たるのは、マメの存在。どんなに気持ちが張り詰めていても、マメが膝《ひざ》の上に乗るだけで、たちまち体から無駄な力が抜ける。

しかし、そんなマメも、最近はあまり姿を現さない。

その不安がまた、澪の焦りにさらなる追い打ちをかけている。

「おい、……眉間《みけん》に皺《しわ》が寄ってるぞ」

ふいに次郎に声をかけられ、澪はハッと我に返った。顔を上げると、ルームミラー越しに次郎と目が合う。

「あ……、すみません、つい考えごとを」

「やめてよ澪ちゃん、こんな景色の中で考えごとなんて……。たった今切り替えが下手って話したばっかじゃん」

「うん……、ごめん」

澪は慌てて笑みを繕い、窓の外に目を向けた。

ただ、視界いっぱいに広がる美しい景色を前にしてもなお、澪はつい、マメの気配を捜してしまう。

到着したのは、正午過ぎ。

大洗の海水浴場を通り過ぎ、阿字ヶ浦の海水浴場への案内板が目立ち始めた頃、道路脇に唐突に現れた「みずなぎ荘駐車場はこの奥」という表示に従って小道を進むと、ひっそりと佇《たたず》む木造の建物に突き当たった。

「これがみずなぎ荘……？　うわぁ……、予想はしてたけど、かなりボ……いや、歴史を感じる民宿だね……」

「晃くん……」

車から降りるやいなや、晃があまりに正直な感想を零《こぼ》し、澪はやれやれと溜め息をつく。

ただ、晃の反応は無理もなく、確かにみずなぎ荘は驚く程に年季が入っていた。

構造は総二階で思ったよりも大きな建物だが、どこもかしこも傷みが激しく、二階の窓に設置された手摺《てすり》は大部分が錆《さ》びてしまっている。

玄関の上に掲げられた看板も、「みずなぎ荘」という文字の部分だけがきれいに錆び、異様な雰囲気を醸し出していた。

築五十年という話だが、ぱっと見はもっと古く感じられる。老朽化に悩んでいると聞いてはいたが、想像以上に深刻に思えた。

啞然《あぜん》とする澪と晃を見ながら、高木が苦笑いを浮かべる。

「海沿いの建物は、どうしても塩害を避けられないからね……。最近は防止する塗装や壁材もいろいろあるけど、五十年前当時は限られていただろうし。ま、俺は味があっていいと思うけど。それに、ビーチまで歩いて一分っていう好立地だし」

「味はありますが……」

「まーここで騒いでたような、学生の団体なんかはいかにも喜びそうだよねー。安くて海が目の前にあって、人気のビーチからは少し距離があるから静かだし。その上、見渡す限り他の民宿や民家も見当たらないから、遠慮なく騒げる。穴場といえば、穴場かも」

晃の言葉で改めて辺りを見回してみると、確かに周囲に建物は見当たらず、みずなぎ荘だけが、ぽつんと佇んでいた。

すると、高木も辺りを見回しながら、溜め息をつく。

「前にも言ったけど、古い民宿は軒並み閉業しちゃったから。今は、みずなぎ荘の正面の海は、プライベートビーチも同然」

海の方に視線を向けると、正面にはひと気のない海。そして、敷地の奥からは、蔓延《はびこ》る植物の間を通るように、海に繋《つな》がる細い道が敷かれている。木の柵《さく》をしつらえた、ほんの十メートル程の道だ。

澪はそれを見て、ふと、大学生たちの映像を思い出した。

「高木さん、あの道って、映像の中で隆也さんっぽい人影が通ってた道ですよね……?　学生たちが『みずなぎ荘の宿泊者専用』って話してた……」

「そうみたいだね。映像だと暗くてわかり辛《づら》かったけど、確かにみずなぎ荘以外のどこにも通じてないな」

ふいに頭を過《よぎ》るのは、「後日確認したら、みずなぎ荘に泊まっていたのは僕たちだけでした」という、動画の最後に付け加えられた文章。

恐怖を煽《あお》るための嘘の可能性も考えていたけれど、こうも閑散としているのなら、十分にあり得る。

現に、シーズン前といえどゴールデンウィーク真っ只中の夏日だというのに、周囲には人の気配がまったくない。

「この様子だと、商売するのは辛いでしょうね……」

「だよね。……ただ、二十数年前の全盛期は、予約が取れないくらい繁盛していたらしいよ。その頃に、オーナーの増本さんたちが住居として使っていた二階の一部を客室に改装したって聞いたし」

「へぇ……、ちなみに、今はどこに住んでらっしゃるんですか？」

「奥にある、離れだよ。交渉してたうちの営業から聞いたんだけど、今は増本さん夫妻と尚江さんの三人が住んでるみたい」

　高木はそう言うと、敷地の端まで歩いてみずなぎ荘の裏手を指差す。付いて行くと、そこからこぢんまりした平屋が見えた。

　みずなぎ荘より明らかに築浅だが、それでもやはり傷みが激しく、壁材があちこち剝《は》がれている。

　なにもかもが古めかしく、繁栄から衰退までが凝縮されたような風景に、澪は少し物寂しさを覚えた。

　時代の変化は仕方のないことだが、かつて賑《にぎ》わっていた場所には、独特の雰囲気が漂っている。廃校になった学校や閉園した遊園地など、澪はこれまでに、その感覚を何度か経験してきた。

　ついぼんやりと考え込んでいると、背後で次郎が澪たちを呼んだ。

「……おい、行くぞ。周辺の確認は後だ。ぐずぐずしていたらあっという間に暗くなる」

「す、すみません……！」

澪は我に返り、みずなぎ荘の玄関へ向かう次郎たちを追った。

正面の引き戸を開けると、まず目の前に広がったのは板間の玄関ホール。広さは一般的な住宅とさほど変わらないが、中はリノベーションされた形跡があり、ずいぶん綺《き》麗《れい》だった。

梁《はり》が見える広々とした空間に、板間に並べられた、南国を思わせる観葉植物。壁には海の写真がセンスよく配置されている。

「うわ、なんか急にリゾート感が出てきたね。もうちょっとゴチャついてるのかと思ってた」

「晃くん、失礼だから……」

澪は晃を慌てて止めたけれど、その感想には概《おおむ》ね同意だった。

中は通気が良く、海からの風が心地よく通り抜けていく。

「こんにちは……！　増本さん、いらっしゃいますか……？」

高木がおとなうと、間もなく玄関奥の右手に伸びる廊下から足音が近付き、五十歳前後の男が顔を出した。

「いらっしゃい……！　すみません、今日は私一人なので、バタバタしていて。ええと……、第六リサーチの皆さんですね」

「ええ。お世話になります。電話を差し上げた、高木です」

「ああ、あなたが高木さんですか。私はここのオーナーの増本と申します」

オーナーということは、この人物は増本賢太郎。つまり、隆也の兄だ。澪は慌ててペコリと頭を下げながら、正直、少し驚いていた。

というのも、賢太郎は、写真で見た隆也とはまったく似ていなかったからだ。

パーツの整った精悍《せいかん》な顔立ちではあるものの、体格は小柄で、醸し出す雰囲気はむしろ真逆。きっちりとセットされた短髪に皺《しわ》のない襟付きのシャツを着こなす姿から、いかにも真面目な人柄が窺《うかが》える。事前に聞いていなければ、サーフィンの大会でメダルを掲げる隆也と兄弟だなんて、思いもしないだろう。

ただ、驚く澪と同様に、賢太郎もまた四人を順番に見ながら不思議そうな表情を浮かべていた。

「あの……、第六リサーチさんは、心霊現象の調査をされる会社だと聞いていましたが……」

「ええ。その通りですが、……どうかしましたか？」

「あ、いえ……！　すみません、失礼ながら、もっと特殊な雰囲気の方々がいらっしゃるものだと想像していたもので……。……それが、なんというか……、皆さんお若いですし」

それを聞いて、澪は納得する。

確かに、心霊調査をすると聞けば、もっと怪しげな一行を想像されても不思議じゃない。賢太郎は言葉を濁しているが、あまりに普通の若者がぞろぞろとやってきたものだから、拍子抜けしたのだろう。

すると、次郎が賢太郎に名刺を差し出した。

「責任者の長崎《ながさき》です。こちらは新垣《しんがき》と、溝口。我々は霊能者ではありませんが、独自の方法で調査をしています」

「な、なるほど……。心霊調査にもいろいろあるんですね……」

賢太郎は受け取った名刺をまじまじと見つめる。

すると、高木が小さく笑い声を零《こぼ》した。

「皆さん驚かれますが、第六リサーチは吉原不動産の子会社ですし、確かな実績もありますから信用していただいて大丈夫ですよ」

「あ、いえ！　疑っているわけでは……！　予約の少ない中連泊していただいて、こちらは感謝しかありません。できることは、協力させていただきますので」

「是非よろしくお願いします」

「ええ。……では、お部屋にご案内しますので、どうぞお上がりください」

澪たちが通されたのは、二階。

玄関ホールにある階段を上ると、まっすぐに伸びる廊下に六つの戸が並んでいた。

賢太郎は、一番手前の戸の前で足を止める。

「二部屋ご予約をいただいてましたので、こちらの『ツバメの間』と、隣の『タンチョウの間』をお使いください。もしよければ、これから建物の中や設備をご案内しましょうか」

「お願いします。では、一旦《いったん》手荷物を置いてきますね」

澪たちは、ひとまず手前のツバメの間に入った。

おそらく、ここが今回の拠点となる部屋だ。広さは十畳程。中央には大きな座敷机が置かれ、壁際にテレビと金庫があるだけの、シンプルな和室だった。

足を踏み入れた瞬間、澪がまず驚いたのは、正面の窓から見渡せる一面の海。ここへ来るまでの道中に十分堪能《たんのう》したはずだったけれど、少し高い場所から見下ろす海はまた格別だった。

「素敵……」

思わず窓際に駆け寄ると、晃も横に並ぶ。

「うわー、壮観！……ってか、こうして見ると、本当に周りになにもないね」

「ね。なんだか、無人島の風景みたい」

確かに、上から見渡してみてもなお、周囲に建物は確認できなかった。

窓はみずなぎ荘の正面にあたり、見下ろせば次郎たちの車が見えるが、それ以外の人工物はほぼ見当たらない。

「ねえ、見て。あそこにある道、さっき見たみずなぎ荘専用の道じゃん？　ここから見ると、なんだか絵になるね」

晃が言う通り、ビーチへとまっすぐに続く細い道には、まるで映画のワンシーンのような趣があった。

ついその世界観に浸ってしまい、澪たちはしばらく無言で眺める。

すると、背後から小さく笑い声が響いた。振り返ると、すでに廊下に出ていた高木が、戸を開けたまま可笑《おか》しそうに笑っている。

「……澪ちゃん、晃。増本さんを待たせてるから、先に案内してもらおうか」

「あっ……、はい！　すみません……！」

澪たちは慌てて返事をし、急いで廊下へ出た。

すると、賢太郎が穏やかに笑う。

「景色を気に入ってくださったようで、よかったです」

「本当に素敵です……、つい見入っちゃって、すみません」

「いえいえ、ここはそもそも、亡き父の子供の頃からの遊び場だったらしく、民宿を始めるときに熱望して買った土地なんです。商売するならもっといい場所もあったはずですが、この静かな雰囲気が気に入ったようで」

「お父様が……？」

「ええ。ですから、感激していただけると私も嬉《うれ》しいんです。……さて、そろそろ中をご案内しましょうか」

　賢太郎はそう言うと、廊下を奥に進んだ。そして、澪たちが予約した二部屋を通り過ぎ、他とは少し違う、アルミ枠の戸の前で立ち止まる。

「ここは、共用の洗面室です。客室には水回りの設備がありませんので、こちらをお使いください。……ただ、お手洗いと浴室は一階にしかありません。後でご案内しますね」

　中を覗《のぞ》くと、古いが清潔感のある洗面台が三つ並んでいた。そのさらに奥には、洗濯機と乾燥機も設置されている。

「ここより奥の三部屋はすべて客室ですが、他に宿泊客はいませんし、もし調査に必要でしたら入っていただいても構いません。……ただ、一番奥の『イカルの間』だけは、母が私用に使っており……、物がごちゃついていまして……」

　ふいに、澪は晃と顔を見合わせた。

ごにょごにょと語尾を濁らせる賢太郎からは、できれば入らないでほしいという本音が滲《にじ》み出ている。

しかし、賢太郎の母とはつまり、隆也の居場所を守りたいと訴える尚江のことだ。いかにもなにかありそうな気がするものの、やんわりと張られた予防線のせいで、それ以上踏み込むには勇気が必要だった。——しかし。

「へー。客室を私用に？　ってか、もともと住居だったってのも、この奥のことでしょ？　奥には隆也さんの部屋もあったの？」

躊躇《ためら》う澪を他所《よそ》に、晃がストレートな質問をぶつけた。この、明らかに計算された空気の読まなさには、意外と助けられることが多い。

すると、賢太郎は苦笑いを浮かべながら、小さく頷《うなず》いた。

「……ええ。お察しの通り、イカルの間の場所には、改装前、隆也の部屋がありました。まあ、彼は早く家を出たので、改装する頃には物置も同然でしたが。吉原不動産の方には何度か伝えましたけど、母の隆也に対する執着は、妙な噂が広がるにつれ増す一方で……。いつからか、イカルの間に隆也の遺品を並べはじめたんです。隆也が失踪《しっそう》した後、下宿先から引き取った荷物まで、わざわざ物置から引っ張り出してきて。隆也の居場所を残したいという気持ちからでしょうが、最近では、少し異常性を感じます。もう二十年も経つのに……」

「なるほど……、そういうことでしたか……」

「入っていただいても構いませんが、母は情緒不安定で、鉢合わせると皆さんになにを言うかわかりませんから……。もし不快な思いをされたらすみません」

　申し訳なさそうに話す賢太郎に、澪は慌てて首を横に振る。

「いえ、そんな……。お母様にとっては、踏み込まれたくない場所でしょうし……。もし見せていただくときには、細心の注意を払いますね……」

「お気遣いすみません。……正直、私には霊が視えたことなんてありませんし、噂を聞いても戸惑う一方です。しかし母はすっかり真に受けてしまって。……もう年ですし、残りの人生は心労から解放されて、気楽に過ごしてほしいと思っています。なので、この土地から離れるべきだと思いましたが、……今の母の状態では、とても」

「……そうですよね」

　隆也が成仏できないのだと気に病み、部屋まで用意している尚江は、このままでは絶対にこの土地から離れないだろう。

　実際に話を聞けば、状況はより深刻に思えた。

「重い話を、すみません。私は、噂と隆也が無関係であればいいと望んでいます。ただ……、こんなことを言うべきでないとはわかっていますが、たとえなにも判明しなかったときには、そういう結論にしてもらえると、とても助かります……」

「えっ……と、それはつまり……？」

「調査には、全力を尽くします」

思わぬ提案に動揺する澪を他所に、次郎ははっきりと返事をした。賢太郎は少し困ったような笑みを浮かべたものの、すぐに表情を戻して廊下を引き返す。

「よろしくお願いします。……では、次に一階をご案内します」

一階のおおまかな構造や客室の配置は、二階とほぼ同じだった。大きな違いは、隆也の部屋の真下にあたる廊下の奥に、キッチンと、宿泊者が食事をするための談話室があること。

談話室は広く、入るとまず右手にカウンター付きのキッチンがあり、中央は十人掛けのテーブルが設置されたダイニング、左手にはソファとローテーブルが並ぶリビングのような空間がある。まるで、ワンルームマンションをそのまま嵌《は》め込んだような造りだった。

賢太郎は澪たちにダイニングの椅子を勧め、キッチンで全員分のアイスコーヒーを注いだ。

「今日は暑かったでしょう、どうぞ。ちなみに、食事は通常、朝食を八時半、夕食を十九時に談話室にて提供させていただいているのですが、高木さんから時間を定めるのが難しいと伺っていますので、用意して冷蔵庫に入れておきます。お好きな時間にお召し上がりください。コンロや電子レンジなども、ご自由にお使いくださいね」

「はい、お気遣いありがとうございま――」

「え、食事つきで予約してるの!?　吉原不動産って普段の調査にはめちゃくちゃケチだから、絶対に素泊まりだと思ってたのに！　大きな開発計画がかかると、予算も潤沢なんだね！」

　高木のお礼をかき消したのは、晃。

「……晃、やめなさい」

　賢太郎の手前、高木は慌てて晃を止めるが、正直、澪も晃と同じ気持ちだった。

　屋根がある場所に寝泊まりできるだけで十分贅沢《ぜいたく》だと思っていたのに、食事付きなんて、これまでにない待遇だ。

　すると、高木は気まずそうに笑う。

「ここからだと、スーパーや飲食店まで少し距離があるからね……。長い滞在になりそうだし、食事の手間を省ければ調査に集中できると思って。それに、晃の察しの通り、今回は経費に関しても緩いから」

「なにそれ最高……。カップ麺《めん》生活を想像してたのに……！」

　キラキラと目を輝かせる晃を見て、賢太郎が堪《こら》えられないとばかりに笑い声を零《こぼ》した。

「す、すみません、可笑しくてつい……」

「いえ、溝口は発言が自由で、逆にすみません……」

「いえいえ、皆さん明るくて、むしろほっとしています。……では、中のご案内は以上ですので、ご用があればお声がけください。厨房《ちゅうぼう》にいなければ、清掃やら傷んだ箇所の修繕やらでウロウロしてますので、お手数ですがお捜しいただけると」

「わかりました。……ちなみに、民宿の仕事はずっとお一人で……？」

「いえ、いつもは妻と二人なのですが、今は体調を崩していまして。まあ、シーズン前ですし、一人でも十分に間に合ってますけどね」

「そうでしたか……。では、しばらくお世話になります」

「どうぞごゆっくり」

賢太郎はぺこりと頭を下げ、談話室を後にした。

静かになった談話室で、最初に口を開いたのは次郎。

「……澪、どうだ」

ふいに、空気が緊張を帯びる。

質問の意味は、聞くまでもない。みずなぎ荘の中に、なんらかの気配を感じるかどうかだ。

澪は、案内された順にみずなぎ荘の中の様子を思い返す。けれど、とくに不穏な気配を覚えた場所はなかった。

「今のところは、なにも……。高木さんは……？」

「俺も、とくに変な感じはしなかったな」

　二人の返事を聞き、次郎は黙って考え込む。おそらく、次郎も同じなのだろう。

　霊が知らない人間に対して気配を潜めることはよくあるが、隆也に関しては、宿泊者の前に姿を現したという例がある。

　早速異変が起こる可能性もあっただけに、少し期待外れに感じているのだろう。次郎は小さく溜《た》め息をつき、立ち上がった。

「まあ、慌てる必要はないか。……とりあえず、まずはみずなぎ荘の周囲の様子を確認する。隆也の事故現場や、慰霊碑も見ておきたい。カメラをセットする場所に目星をつけたら、機材を運ぶぞ」

「了解。……ついに開発計画の命運をかけた調査開始か……。頼んだよ、次郎」

「別に、こっちはいつも通りだ」

「そう言わずに。晃や澪ちゃんも、頼りにしてるからね」

「はい……！　頑張ります！」

「うん。……夕食、なんだろうね」

　談話室を出て行く次郎と高木の後に続きながら、澪は一人やたらとマイペースな晃を急《せ》かした。

調査がはじまる瞬間は、いつも緊張で指先が震え、少しでも気を緩めればたちまち恐怖に呑《の》まれそうになる。

経験を積んだところで、おそらくこの感覚に慣れることはないのだろう。逃げ出したいと思わないだけ入社当時よりマシだと、澪は自分に言い聞かせた。

「……澪ちゃん？　なんか、表情が硬いよ？」

「え？……あ、ごめん。少し緊張しちゃって」

ふいに晃に声をかけられた瞬間、ぼんやりしていた澪はふと我に返る。――しかし。

「霊感がめちゃくちゃ強いのに誰よりも怖がりって、本当に不憫《ふびん》だよね……。あ、マメを抱いていれば緊張がほどけるんじゃない？」

晃のなにげない提案に、澪の心臓がドクンと不安な鼓動を打った。

「………」

「……澪ちゃん？」

足元に、マメはいない。

むしろ、もう何日も姿を見ていない。

たちまち不安が押し寄せ、心が潰《つぶ》れそうになる。――けれど。

「そうだね……。うん、そうする」

澪は慌てて笑みを繕った。これから調査が始まろうとしているのに、余計な心配をかけられないと。

――悩むのは、この調査が終わってからにしなきゃ……。

澪は小さく首を横に振り、自分にそう言い聞かせた。

ビーチへ繋《つな》がる小道には、名前があった。

皆でビーチに向かいながら、「ワタリドリの小道」と書かれた看板の前で、澪はふと足を止める。

「どうしてワタリドリなんだろう」

疑問を口にすると、少し先を歩いていた高木が振り返った。

「みずなぎ荘の名前の由来が、ミズナギドリっていう渡り鳥なんだって。ウェブに書いてあったよ」

「なるほど……。高木さん、相変わらず情報収集に抜かりないですね」

すぐに答えが返ってきたことにすっかり感心し、澪はふたたび足を進める。

すると、高木は照れ臭そうに笑いながら、首を横に振った。

「情報収集っていうか、たまたま目に止まっただけだよ。渡り鳥って、宿の名前にはピッタリだよね」

「わかる。語感もいいしね」

晃が呟《つぶや》いた感想には、澪も同意だった。美しい海を渡る姿を想像させる、綺麗《きれい》な名前だと。

「最初はあまりに年季が入っていたから驚きましたけど、ミズナギドリとか、ワタリドリの小道とか……、素敵ですよね。物語の世界に入って行くような感じがして」

「うわー、澪ちゃん超メルヘン」

晃はからかうけれど、実際にワタリドリの小道に足を踏み入れてみると、目の前に広がる光景は息を呑む程に美しく、幻想的だった。

小道を抜けた頃には地面も白い砂に変わり、正面には、真っ青な海。右側の奥にはすぐに岩場が見え、行きしなに通過してきた大洗に比べればずいぶん狭いが、まさにプライベートビーチという雰囲気を醸し出している。

晃にはからかわれたけれど、澪は物語の世界という表現を、さほど大袈裟《おおげさ》だとも思わなかった。——しかし。

突如、前を歩いていた次郎が不自然に足を止めた。

澪は危うくぶつかりそうになって、慌てて立ち止まる。

「ど、どうしました……？」

「…………」

「次郎さん……？」

返事はなく、不思議に思って顔を覗《のぞ》き込むと、次郎は眉根《まゆね》に深い皺《しわ》を寄せ、ビーチの左の方向をじっと見つめていた。

　そのただ事とは思えない表情に不安を覚え、澪は次郎の視線の先を追う。――すると、視界に入ったのは、一張のテント。

「あれ……？　先客……？」

　別に、先客がいること自体は不自然ではない。しかし、この辺りはみずなぎ荘のプライベートビーチも同然だと聞いていたし、シーズン前の海水浴客は皆無という話だっただけに、予想外だった。

「サーファーでしょうか……」

　澪は首をかしげ、ふたたび次郎を見上げる。しかし、次郎は苦虫を嚙《か》み潰したような表情を浮かべたまま、ゆっくりと首を横に振った。

「……わからないか？」

「はい……？」

　意味深な問いかけに、澪はもう一度テントに視線を向ける。しかし、とくに違和感は覚えなかった。あえて注目する箇所があるとすれば、テントをはじめ、セッティングがずいぶん本格的であるという点。外側には日避けのタープが張られ、その下にテーブルがセットされている。

おまけに、タープにはご丁寧にカラフルなガーランドが飾られていた。

「ん……？　ガーランド……？」

ふいに覚える、強烈な既視感。

頭を過《よぎ》るのは、嬉《うれ》しそうにテントに装飾するとある人物の記憶。

「嘘だろ……」

澪と同じことを考えていたのだろう、高木が声にこれ以上ないくらいの絶望感を滲《にじ》ませ、そう呟いた。

澪たちは顔を見合わせて、じりじりとテントに近寄る。

すると、――ふいにテントの入口が開き、想像通りの人物が顔を出した。

「あれ……？　声がすると思ったら、ジローたちじゃないか！　待ってたよ……！」

現れたのは、派手なアロハシャツに身を包んだ、リアム。

「リア……っ」

予想通りとはいえあまりのインパクトに、澪は言葉を失う。

しかし、澪たちを驚かせたのは、それだけではなかった。

「――リアム、今なんか言った？」

茫然《ぼうぜん》とする澪たちに追い打ちをかけるように、テントの裏側から響いたのは、ずいぶん聞き覚えのある声。

次郎はついに額に手を当て、空を仰いだ。

それが誰なのかは、確認するまでもない。

「どういうつもりですか。……伊原さん」

怒りに震える高木の問いかけと同時に、テントの裏からひょっこりと顔を出したのは、伊原。

伊原は、固まる四人をぐるりと見回し、苦笑いを浮かべた。

「……や、やあ、みんな。ナイスゴールデンウィーク」

澪たちには、意味不明な挨拶《あいさつ》に反応する余裕などない。

テントの周りは、美しいビーチにそぐわない空気に包まれていた。

「――ジロー、怒らないで。ミツルを誘ったのは僕なんだ。ビーチで調査をするっていう噂を聞いて、僕も日本のリゾートを体験してみたくなって」

「日本のリゾートなら、ここじゃなくてもいいだろう。……そもそも、伊原はどうやってこの場所を知った」

やたらと浮かれた装飾が施されたタープの下で始まったのは、次郎による事情聴取。

伊原は砂の上に正座して反省の姿勢を演出しているものの、その表情はまったく悪びれていない。

「ぐ、偶然だよ、偶然！」

「偶・然」

「嘘です。俺の依頼を断られた日に聞いた、開発計画予定地の調査だっていう話を元に調査しまして。……なんというか、確信犯です」

「…………」

次郎は感情があまり表に出ない方だが、今日に関しては、誰から見ても一目瞭然《いちもくりょうぜん》な程、呆《あき》れと怒りを露《あら》わにしていた。

「だ、だってさ……、第六が長期で不在ってなると、こっちもいろいろ持て余しちゃって。なにせ、ここしばらく俺の仕事は第六頼りだったから、他に仕事ないんだよね。っていうのも、オカルト案件ってすげー割がよくて他の依頼請ける気にならな――」

「……伊原さん」

「すみません」

油断すると火に油を注ぎかねない伊原を、澪は慌てて止める。しかし、伊原の表情には相変わらず反省の色が見えない。

「伊原さん、絶対ふざけてますよね……」

「いやいや、澪ちゃん勘弁してよ……」

「で、伊原の目的は」

「目的？……いや、そんなの別にないっていうか、リアムが第六の調査を羨《うらや》ましがってたから、どうせ暇だし調べて連れてきただけで……」

「……世界でも指折りのセレブに取り入るのが目的か」

「ねえ、本人がいる前ではっきり言わないでよ」

「はは！」

突如、ニヤニヤしながら聞いていた晃が、堪《こら》えられないとばかりに吹き出した。途端に、緊迫していた空気が緩む。

「部長さん、もう来ちゃったんだからいいじゃん。それに、二人には霊感があるわけだし、いい感じに寄せ付けてくれるかもよ？」

「……寄せ付ける？　なにそれ」

キョトンとする伊原の横で、表情をパッと明るくしたのはリアム。リアムはテントの中からいそいそとリュックを持ってきて、怪しげな木の板を取り出す。

「ジローたちが調査に来たってことは、この辺りには霊が出るってことだよね。そう思って、通販でウィジャボードを買っておいたんだ。ミツル、見て！」

「ウィジャ……？　なにそれ」

「西洋で有名な降霊グッズだよ。……僕もやったことないんだけど、これを使えば霊を呼び出すことができて、コミュニケーションが取れるんだって。ミツル、一緒にやってみよう！」

「……ねえ澪ちゃん、この人なに言ってんの？」

さっきまで憎たらしい程に余裕だった伊原の表情が、ウィジャボードを見た瞬間に引きつった。

澪もウィジャボードというものを知らなかったけれど、説明を聞く限り、日本で知られる「こっくりさん」とよく似ている。

「リアムは無類の心霊マニアですからね……」

「いや知ってるけど、降霊術なんてヤバイ部類の最高峰じゃん。……え、まさかリアムってそこまでヤバイ奴なの？……次郎くん、アレ頼むよ。なんだっけ、あの……、バリアみたいなやつ。……結界？」

「……俺らはもう行く。くれぐれも邪魔だけはするなよ」

「ちょっと、聞いてる？」

次郎は青ざめる伊原を無視して立ち上がり、テントを後にした。

澪は戸惑いながらも、その後を追う。

「次郎さん……。放っておいていいんですか？」

「……まあ、溝口の意見も一理ある。ただ……、高木、あの降霊術の道具だけは後で回収しておいてくれ。こんなところで妙なことをされたら洒落《しゃれ》にならない」

「了解。……伊原さんはまだ騒いでいるけど……、ま、いい薬だね」

澪が振り返ると、次々と心霊グッズを出すリアムを必死に止める伊原の姿が見える。少し気の毒ではあるものの、次郎は一応気にかけているようだし、高木の「いい薬」という意見にも概《おおむ》ね同意だった。

それに、伊原がこの程度で懲りるとも思えない。伊原とは、澪の知人の中で、もっとも図太く、食えない人物だ。

澪は一旦《いったん》心配を忘れ、次郎たちの後に続いた。

向かうのは、いつも隆也がサーフィンをしていた場所。つまり、失踪《しっそう》現場だ。高木によれば、ワタリドリの小道を抜けた、ほぼ正面にあたるらしい。

「ここらへんかな……。潮の関係で、サーフボードが流れ着いたのはもっと岩場寄りみたいだけど、……実際に見てみると、ここでも十分岩場に近いね」

確かにあまり安全な環境とは思えず、澪は少し怖くなった。サーフィンの知識がまったくない澪にも、岩場が危険であることくらいはわかる。

「危ないですよね……。しかも、隆也さんは確か夜中に……」

「この場所に慣れていて、潮の流れを理解していたとしても、夜のサーフィンはさすがに自殺行為だと思う。……実際、行方不明になってしまったわけだし」

澪は改めて周囲を見回した。

けれど、失踪現場であるここですら、今のところは不穏な気配を感じられない。

高木もとくになにも感じていないのか、変わりない様子で岩場の方を指差した。

「じゃ、慰霊碑に行ってみようか。……観光客の心象も考えて、岩場の陰にひっそり建ってるって話だよ。……足元、気を付けてね」

岩場に向けて歩くにつれ、足元の砂の粒子が少しずつ荒くなり、打ち付ける波も力強さを増す。ワタリドリの小道からものの数十メートルしか離れていないのに、ビーチか岩場かで雰囲気は大きく違っていた。

やがて岩場に差し掛かり、澪たちはゴツゴツして不安定な足元に注意しながら、ゆっくりと先に進んだ。

一方、晃は身軽にひょいひょいと進みながら、いたるところにある潮だまりを覗《のぞ》き込む。

「澪ちゃん、見て。この潮だまり、魚が閉じ込められてる。いそぎんちゃくもいるし、小さなアクアリウムみたい」

「む、無理。よそ見すると転びそう」

「体幹なさすぎでしょ……」

そんなことを言われても、澪には晃のように楽しんでいる余裕なんてまったくなかった。

少し先には、立ち止まる次郎と高木の姿。どうやら待たせてしまっているらしいと、澪は必死に二人に追いつく。

「すみません……、お待たせしました」

しかし、声をかけても反応はなく、二人は黙って同じ方向を見つめていた。

不思議に思って同じ方向に視線を向けると、そこにあったのは、高さ一メートル程の石碑。——そして、その前に座り込んで手を合わせる女性の姿。

尚江だ、と。澪の頭には、すぐにその名が浮かんだ。

「……あれが例の慰霊碑だね。あんなに熱心に祈ってる姿を見ると、なんとも言えない気持ちになるな……。全部、悪徳霊能者の嘘かもしれないのに」

高木の呟《つぶや》きに、澪は共感した。

尚江の小さな背中からは、寂しさや苦しみがひしひしと伝わってくる。

「なんだか……、見ていられないですね……」

「実の息子が悪霊扱いされてるわけだから、そりゃどんなに曖昧《あいまい》なものでも、縋《すが》りたくなるよね」

この依頼を請けたときから、尚江がいかに辛《つら》い思いをしているか、澪はよくわかっているつもりだった。

けれど、その背中を見ているだけで、想像がまったく及んでいなかったことを痛感した。

澪たちは少し離れた場所から、黙って尚江の姿を眺める。

すると、尚江はずいぶん長い祈りを終えた後、ようやく頭を上げてゆっくりと振り返った。

その瞬間、四人は同時に息を呑《の》む。

それは無理もなく、尚江の顔色はあまりにも悪く、目もぼんやりと虚《うつ》ろで、今にも苦しみに押しつぶされてしまいそうな程に弱々しかった。

しかし、尚江は澪たちの視線に気付くと、目に強い警戒心を滲《にじ》ませる。

「……どなた？」

「……こんにちは。今日からみずなぎ荘にお世話になってます」

高木が挨拶《あいさつ》をすると、尚江は四人の姿を順番に見つめる。そして、なにかを察したのか、高木を睨《にら》みつけた。

「立ち退きのことでしょう……？　悪いけど、そんな気はないので」

高木は戸惑った様子で、首を横に振る。

「いえ……、息子さんから聞いてるかもしれませんが、今回は立ち退きのお願いをしに来たわけではないんです。彼らは吉原不動産の人間ではなく、この辺りの調査をしに……」

「調査……？　そういえば、息子が心霊現象の真相がどうとか言っていたけれど……、それのこと？」

「ええ。この辺りにまつわるよくない噂をきちんと調査しようと——」

「——もう、やめてください」

高木の言葉を遮る尚江の声は、震えていた。

そして、心底うんざりした表情を浮かべる。

「噂っていうのは、隆也が悪霊になって、この海で人を殺しているっていう話でしょう？……怖いなら、来なければいいじゃない。私にとって一番重要なのは、隆也が寂しがっているってことだけ。大袈裟《おおげさ》に騒がないで、どうかそっとしておいてください」

尚江は強い口調でそう言うと、それ以上聞く意志はないとばかりに高木から目を逸《そ》らし、足早にその場を後にした。

その後ろ姿を茫然《ぼうぜん》と見つめながら、次郎が溜《た》め息をつく。

「……まあ、予想通りの反応だな。牽制《けんせい》するってことは、隆也の仕業だという結論を出されることに怯《おび》えてるんだろう」

「それって……、尚江さんも、隆也さんの仕業だと思ってるってことですか……？」

「信じたくはないだろうが、怖いなら来なければいいという言葉は、不安だからこそ張った予防線に聞こえる」

「なるほど……」

「まあ、真相はどうあれ、最悪な結論を出されるくらいなら、そっとしておいてほしいって心境なのかもね」

尚江の気持ちを想像すると、胸が痛んだ。

隆也が失踪してもう二十年も経つというのに、今になってこんな騒ぎになるなんて、どんなに辛いだろうと。

澪たちの間に重い空気が漂う。

しかし、晃が突如、それを振り払うかのように明るい声を上げた。

「暗い暗い。とりあえず、尚江さんがなんて言おうが、とにかく僕たちは隆也さんがどんな無念を残しているのかを調べればいいだけだよ。たとえ事故の原因が隆也さんだったとしても、死んだ人を責める法律なんかない。それに、解決さえすれば異変はなくなるわけじゃん。異変がなくなれば尚江さんは安心するし、納得して土地を譲ってくれるかもだし。誰にとってもマイナスはないんだから自信もってやろうよ」

「晃くん……」

その言葉を聞き、沈みかけていた澪の気持ちがわずかに浮上した。

こういう調査をしていると、ふとした瞬間に、他人の事情に踏み込みすぎているのではないかと不安を覚えることがある。

　さっきの尚江のように、当事者から拒絶されるとなおさらだ。

　けれど、晃が言った通り、澪たちがやろうとしていることは、誰にとってもマイナスはない。

「そうだよね。……このままだと、尚江さんだって、ずっと気持ちを縛られたままだもんね」

「その通り。第六の仕事って、人の心を救うと思うよ」

　高木も同意し、重苦しい空気がわずかに緩む。

　澪は気持ちを切り替え、改めて慰霊碑の正面に立った。

　慰霊碑は、土台の上に方形、球形、屋根のような三角形の石が積み重ねられた、五輪塔型と呼ばれるもの。黒い御影《みかげ》石で作られ、重々しい存在感を放っていた。

　慰霊碑の前には、缶ビールと煙草と花が供えられている。

「尚江さん、毎日通ってらっしゃるんでしょうね。お供えの花、まだ瑞々《みずみず》しいですし」

　澪が呟くと、次郎が横に並ぶ。そして、慰霊碑をじっと見つめ、苦々しい表情を浮かべた。

「こういうものは、むやみに建てるべきじゃない。……こうやって人が思いを込める程、いろいろ集まってくる」

「いろいろ、ですか……」

ふいに、澪の背筋がひやりとする。

今のところ、特別気になるような気配は感じないものの、慰霊碑の周囲の空気はなんとなく独特で、落ち着かなかった。

「海はただでさえ少し特殊な環境だからな。……澪、お前は一人でここに来るなよ。いちいち余計な浮遊霊に絡まれていたら、仕事にならない」

「き、気を付けます」

「さて、……そろそろ準備を始める。……戻るぞ」

次郎はそう言うと、慰霊碑に背を向けた。

慌てて後を追うと、晃が澪の横に並ぶ。

「部長さんってあまのじゃくだよね。心配だって素直に言えばいいのに」

「晃くんは、次郎さんのことを誤解してるよ……」

「そうかなぁ。澪ちゃんは卑屈になりすぎだと思うけど。あまりにモテないせいで、こじらせてるんじゃないの」

「……後半は、心に留めておいてくれない？」

「あ、出ちゃってた？　ごめん」

真顔で謝られ、澪は思わず笑った。

最近は晃からのいじりがどんどんエスカレートしているが、お陰で、多少の悩みや不安を抱えていても暗く悩まずに済んでいる。

晃は、エンジニアの世界では指折りの秀才であり、本来ならば遠い存在のはずなのに、その気さくな性格から、それをまったく感じさせない。澪とは年齢が近く、今や、気楽に話せる大切な存在だ。

とはいえ、晃はあくまで吉原不動産から出向している立場であり、第六に割ける工数も二割しかなく、すべての調査に同行できるわけではない。

今回は休日出勤扱いであり、休み明けには代休で調整する必要があるぶん、許可が下りたのは奇跡のようなものだ。

「今回みたいに重い背景のある調査をするときには、晃くんがいると心強いよ……」

「なに、急に」

「……基本的にふざけてるから、力が抜けるっていうか」

「誉めてないじゃん。……ってか、今回に限っては、ふざけてる人材がむしろ余ってると思うけど」

そう言われて顔を上げると、目線のずっと先にリアムたちのテントが見える。

澪はどっと疲労感に襲われた。

「ってか、なんだかんだで仲いいよね、あの二人」

晃が言うように、リアムと伊原はどうやら気が合うらしい。ただ、冷静に考えると、世界有数のホテルチェーンの御曹司《おんぞうし》に、「なんでも屋」を自称するエージェントという組み合わせは異色だ。

知り合いであるが故、リアムの目付け役にされてしまった高木の心労は計り知れない。

「……おい、ぐずぐずするな。日が暮れる」

「あっ……はい！」

考え事をしながら歩いていた澪は、次郎に呼ばれて我に返った。

慌てて駆け寄ると、次郎はリアムたちのテントにチラリと視線を投げる。

「溝口。あいつらのテントの前にもカメラを」

「了解。早くも餌扱いうける」

「俺と高木でみずなぎ荘の周囲にカメラを置く。澪は荷物を持てるものから拠点に運んでくれ」

「はい！」

次郎の指示で、それぞれが動きはじめた。

澪の心の中では、言い知れない不安と、必死に育ててきた気概がせめぎ合っている。

慰霊碑の前では、「一人で来るな」と念を押されてしまったけれど、できれば、そんな言葉が必要ないくらいまで成長したいというのが、澪の理想だ。

「いつまでも心配かけてちゃ駄目だよね……」荷物を運びながら、静まり返ったみずなぎ荘の廊下に澪の小さなひとり言が響いた。

カメラを設置したのは、拠点前の廊下、みずなぎ荘の入口付近、リアムのテントの周囲、ワタリドリの小道、そして失踪《しっそう》現場の五か所。リアムのテント以外は動体検知カメラとセットで設置された。

最初は調査する範囲を絞りにくいため、画角を広めに設定し、反応を見ながら調整していくらしい。

拠点前の廊下にカメラを設置していると、通りかかった賢太郎は物珍しげに眺め、「ずいぶん近代的なんですね」と感心していた。

思えば、第六に配属された当初は同じ感想を持ったものだと、澪は懐かしく思い返す。

霊とカメラの相性がいいなんて、当時の澪にはとても信じられなかった。それこそ、実際に霊が映り込んでいる映像を見るまでは。

こうして、二時間近くかけてカメラの設置を終えると、澪たちは打ち合わせをするため、拠点となる『ツバメの間』に集合した。

ちなみに、もう一部屋の『タンチョウの間』は、澪が使う寝室。

正確には、霊と相性のいい澪が囮《おとり》となるための部屋だ。もし危険な目に遭ったときのため、一画に結界が張られている。

「今日はもう半日もないが……、少しでも情報を集めておきたい。俺と溝口が拠点で機材のセッティングをする間、澪と高木はオーナーの増本賢太郎から隆也の情報をできるだけ聞きだしておいてほしい」

打ち合わせが始まるやいなや、次郎からの指示に、澪と高木は頷《うなず》いた。事前調査では曖昧《あいまい》な内容があまりに多かったぶん、関係者に直接確認したいことはたくさんあった。

早速ノートパソコンを抱えて立ち上がると、隣に座っていた晃が苦笑いしながらその手首を引く。

「焦りすぎ。まだ打ち合わせの途中なんだから、落ち着いてよ」

「あっ……、そ、そっか」

澪がふたたび腰を下ろすと、高木も可笑《おか》しそうに笑った。

「澪ちゃん、気合い入ってるね」

「そういうわけでは……」

気合いが入っているのは事実だが、口に出されると妙に気恥ずかしい。俯《うつむ》く澪に、次郎がやれやれと溜《た》め息をついた。

「やる気があるのは結構だが、暴走するなよ。……高木、澪の監視は頼んだ」

「暴走なんて……！」

反論しかけたものの、数えきれない程の前例を思い出して、強く言えずに口ごもる。

すると、高木が澪の肩をぽんと叩《たた》いた。

「とはいえ、澪ちゃんの行動力のお陰で解決した調査もたくさんあるからね。頼りにしてるけど、無茶はしないで」

「高木さん……」

次郎や高木との付き合いが長くなってきた今、言い方は違えど、二人の言葉に含まれる意味合いにさほど変わりがないことを、澪は理解している。

ただ、高木の方が圧倒的に言葉が柔らかい。

こういうところですよ、と。澪は心の中で次郎への不満を浮かべながら、高木に頷いてみせた。

それから次郎は皆に概算のスケジュールを伝え、打ち合わせは終了となった。

拠点を後にした澪と高木は、談話室へ向かう。

「賢太郎さん、いらっしゃいますかね……？」

「大丈夫。さっき、四時半頃にはキッチンで料理を始めるって言ってたから、少し時間を貰《もら》えるよう頼んである」

「え……？　指示される前からすでに時間を押さえてたんですか？　予知能力……？」

「いやいや。俺も話を聞かなきゃって思ってたし」

「高木さんって本当に抜かりない……。見習わなきゃ……」

澪が感心すると、高木は首を横に振った。

「俺が参加できるのはゴールデンウィークの期間だけだし、自分の都合で急いでるだけだよ。それに、実際の調査になると、澪ちゃんには到底敵《かな》わないから」

「そんな……！　高木さんは今回ボランティアじゃないですか……。私は第六の社員ですから、役に立たないわけには……」

「これで吉原不動産の開発が上手《うま》くいけば俺にも得があるんだから、全然ボランティアじゃないよ」

高木という人間は、優秀なくせに謙虚で決して奢《おご》らない。どんなに褒めたところで、いつもサラリとかわされてしまう。

澪はときどきそれをじれったく思うけれど、そういうところがまさに、仏のように慈悲深く優しい高木の神髄ともいえる。

談話室に入ると、キッチンで魚を捌《さば》いていた賢太郎が澪たちに気付き、穏やかな笑みを浮かべた。

「すみません、お話は料理しながらでもいいですか？　新鮮なカツオが手に入ったので、早めに処理しておきたくて」

「わぁ、カツオですか……！　丸々一匹なんて贅沢《ぜいたく》だし、美味《おい》しそう……！」

澪がはしゃぐと、賢太郎は満足そうに目を細める。

「直火で炙《あぶ》ってタタキにしようかと。旬ですし、美味しいと思いますよ」

「楽しみです……！」

高木はカウンターに身を乗り出す澪を笑いながら、ダイニングチェアを引っ張り出して座った。

「作業しながらで結構ですので、少し伺ってもいいですか？」

「ええ。……隆也のことですよね」

隆也と口にした瞬間、賢太郎の目がかすかに揺れた。どれだけの年月が流れても、家族を失った喪失感が完全に癒されることなんてきっとないのだろう。そう思うと、澪の心が痛んだ。

「あの、話したくないことは伏せていただいても大丈夫ですから……」

思わずそう言うと、賢太郎は手を止め、驚いた様子で顔を上げる。

「……お気遣いありがとうございます。……正直、心霊スポットとして噂が広がりはじめてからは、それ目的での予約が増えまして……。商売をしている以上、うちを利用してくれることには感謝しかないのですが、あまりに不躾《ぶしつけ》な質問をされたことも数々あり……。なので、少し構えていました。お二人に伝わってしまっていたなら、すみません」

「いえ！　そういうわけでは……！」

　否定したものの、賢太郎から伝わるわずかな警戒心に、澪は薄々気付いていた。むしろ、それ程の目に遭ったのなら、警戒して当然だ。

　全員がそうだとは言わないが、心霊スポットをレジャー感覚で楽しむ部類の人間は、世の中に多くいる。

　中には、面白半分で尋ねてくる者もいただろう。

「……お察しします。ですが、我々はマニアではないので、興味本位での質問をするつもりはありません。客としてお気遣いいただく必要もありませんから、万が一気に障るようなことがあれば、遠慮なくおっしゃってください」

「ありがとうございます。……ただ、もし本当に隆也が無念を残して彷徨《さまよ》っているのなら、私たち家族にとってはとても辛《つら》いことです。きちんと浮かばれてくれるならそれ以上のことはないので、協力しますよ」

「ありがとうございます」

高木がお礼を言うと、賢太郎は頷き、ふたたびカツオに包丁を入れる。あざやかな手つきで捌かれていくカツオの身は、あっという間に四本のさくになった。

「隆也は、私とはなにもかもが正反対でした」

賢太郎がそう口にしたのは、カツオの身に串《くし》を打ち終えた頃。澪が黙って見つめると、賢太郎は少し懐かしそうな笑みを浮かべる。

「見た目も、性格も、好むものも……、なにもかも。それに、彼は私と違ってとても器用で要領もよく、なにをやっても上達が早かった」

その話を聞いて、澪はネットで見た隆也の姿を思い浮かべた。

初めて賢太郎に会ったときにも感じたけれど、確かに、二人は兄弟でありながら、見た目も雰囲気もまったく違う。

「子供の頃から保守的だった私とは違い、隆也は好奇心旺盛《おうせい》で、なにかに興味を持ったらすぐにやりたがるタイプでした。そんな中で、彼がもっとも夢中になったのがサーフィンです。父もサーフィンが趣味でしたし、格好良い姿を見ていたので、憧《あこが》れもあったのかもしれませんが」

「賢太郎さんも一緒にされていたんですか……？」

「恥ずかしながら私はスポーツが得意じゃなくて、やってはみたものの、すぐに止めてしまいました。……当時は、出来のいい弟にずいぶん嫉妬《しっと》したものです」

「そんなことが……」

　弟が自分よりも秀でていると認めるのはきっと辛かっただろうと、澪は思う。大人になれば、得意も不得意も個性だと受け入れられるものだが、幼い頃はそうはいかない。

　澪がつい黙り込むと、賢太郎がふいに可笑《おか》しそうに笑う。

「……新垣さんは、感受性が豊かなんですね。もう大昔の話ですから、そんな顔をしないでください。それに、私にとって隆也は自慢の弟でもありました。彼は目立ちますし、この辺りではちょっとした有名人で、褒められると私も嬉《うれ》しかった」

　そう語る賢太郎の表情は、とても穏やかだった。

「いい兄弟関係ですね。私は一人っ子だから、羨《うらや》ましいです」

「……すみません、これじゃただの思い出話ですね」

「いえ！　どんなことでも、お話しいただければ嬉しいです」

　やがて、すっかりカツオの下ごしらえを終えた賢太郎が、キッチンの勝手口を開け、澪たちに視線を向ける。

「場所を移してもいいですか？　今からこれを炙りますので、続きは外で。……よければ、味見をしてもらえると」

「いいんですか……！」

「もちろん」

澪たちが後に続くと、勝手口の外にはすでにバーベキューコンロが準備されていた。

賢太郎は澪たちに庭履きと椅子を勧め、慣れた手つきでコンロに火を点《つ》け大量の藁《わら》をくべる。

「すごい……！　藁を燃やしてタタキを炙る映像、旅番組で見たことあるかも……！」

「カツオの藁焼きは高知《こうち》が有名ですよね。まあ、私のはただの真似ごとですけど、結構うまくできるんですよ」

澪は、目の前で繰り広げられる豪快な料理につい見とれてしまった。

高木も、その様子を物珍しそうに眺める。

「料理がおいしいと聞いてはいましたが、本格的だし、すごく手間がかかってるんですね……。お忙しいでしょうに、付け回して過去を掘り返すようなことを、すみません」

「いえ、料理は半分趣味ですから。学生さんは素泊まりが多いので、久しぶりに食事付きのご予約をいただけたので、張り切ってしまって。むしろ、ウロウロとすみません」

「いえ、とんでもないです」

「ただ……、さっきもお話しした通り、私は隆也とは共通点があまりありませんでしたから、あまり一緒に過ごしてはいないんです。……彼のことでしたら、私よりもよく知る人がいますよ。ここから国道を大洗方面へ南下すると、『ＳＵＲＦ’s　ＵＰ』というサーフショップがあるのですが、オーナーの広尾《ひろお》さんは亡くなった父と幼馴染《おさななじみ》なんです。隆也は子供の頃からそこに入り浸っていましたし、まるで父親のように慕っていました」

「父親のように……？」

それが本当ならば、隆也との関係はかなり深い。

思わず得られた情報に、澪は高木を見上げた。高木も同じことを考えていたのだろう、小さく頷《うなず》き返す。

「でしたら、いろいろご存じかもしれませんね。すごくいい情報を、ありがとうございます」

「いえ。……ただ、彼はもう七十歳を過ぎてますし、二十年前のことをどれくらい記憶しているかわかりませんが……。もし行かれるのなら、詳しい住所をお教えしましょうか？」

「いえ、そこまで手を煩わせるわけには。お気遣いありがとうございます」

高木はそう言うと、立ち上がって早速ポケットから車のキーを取り出した。少し焦って見えるのは、おそらく閉店時間を気にしているのだろう。時計を見れば、時刻はすでに六時前。澪も慌てて立ち上がり、高木の後に続く。

「では行ってきます！　味見できなくて残念ですけど、夕食楽しみにしてますね！」

「ええ。お気を付けて」

澪は手を振り、靴を履き替えるために一旦《いったん》勝手口へ戻った。しかし、入ろうとした瞬間、突如振り返った高木にぶつかる。

「いっ……」

「ごめん澪ちゃん。……あの、増本さん」

見上げると、高木は賢太郎に、やけに意味深な視線を向けていた。そして。

「もし、隆也さんが無念を残していたとして……、増本さんには思い当たる節はないんですよね……？」

その問いかけに、澪は首をかしげる。

これまでの賢太郎の口ぶりから、そんなことはあえて聞くまでもないと思っていたからだ。――しかし。

「ええ、私にはまったく」

その返事には、かすかな違和感があった。ただ、それは動揺とも誤魔化しとも少し違う。

「そうですか。……すみません、念のためです。澪ちゃん、行こうか」

「あ、……はい」

澪は違和感の正体を考えながら、玄関に向かって廊下を歩いた。

すると、ふいに前を歩く高木が振り返る。

「……最後、なんとなく気になる返事だったね」

「やっぱりそう思いました……？」

どうやら、高木も同じ印象を持ったらしい。

「少しね。それに、思い当たる節がまったくないなんて、そんなにはっきり言いきれるものかなって。……まあ、同じ質問をうんざりする程聞かれたせいで、返事が定型文化しちゃってるのかもしれないけど」

「確かに、それはありえますね……」

「とにかく、広尾さんって人に話を聞いてみよう」

玄関を出て車に乗り込むやいなや、高木は早速カーナビで「ＳＵＲＦ's ＵＰ」を検索した。

「澪ちゃんは、大洗のサーフショップに行くって次郎に連絡しておいてくれる？」

「了解です！」

澪は携帯を取り出し、次郎に送る文面を作る。しかし、そのとき、ふいに高木が眉《まゆ》を顰《ひそ》めた。

「あれ？……二つ出てきた」

「え？　同じ名前の店があるってことですか……？」

そんなことがあるだろうかと、澪はカーナビの画面に視線を向ける。しかし、確かに同じ名前の店がごく近所と大洗付近に二軒表示された。

高木はポケットから携帯を取り出す。

「調べるから、待ってね。あ……、過去に移転してるっぽいな。どうやら、昔はみずなぎ荘の近くにあったみたいだよ」

「過去の情報が残ったままなんでしょうか……」

それは、そこまで不自然なことではない。閉店を余儀なくされたこの辺りの民宿と同様に、来客の減少が深刻で移転した可能性は十分にある。

「まあ、むしろ納得だね。隆也さんは子供の頃から入り浸ってたって話だし、それにしては大洗じゃ少し遠いんじゃないかなって思ってたから」

「言われてみればそうかも。……だけど、少し切ないです。そうやって、この辺りは静かになっていったんだなって。仕方のないことだってわかってるけど、思い出が消えちゃうような感じがして」

澪の呟《つぶや》きに、高木は黙って頷き、エンジンをかけた。

国道に出ると、窓からは、夕日を反射してキラキラと輝く海が見える。息を呑《の》む程に美しいけれど、どこか寂しげでもあった。

　やがて、大洗に近付くにつれ徐々に建物が増え、カーナビに従って海側の脇道に入ると、間もなく目線の先に小さな建物が現れた。

　黄色の屋根に白く塗られた壁、庭にはいくつかのサーフボードが立てかけられ、無造作に干されたウェットスーツも見える。

　敷地の入口には、「SURF's UP」と書かれた木製の看板があった。

「ここですね……！」

「だね。とりあえず、入ってみよう」

　中には、三、四台分の駐車スペースがあったけれど、どうやら先客はいないらしい。

　というのも、入口のシャッターはすでに半分閉められていて、営業中でないことは明らかだった。

「もう閉店してるみたいですね……。どうしましょう」

「まだ中に人がいるみたいだから、駄目元で聞いてみようか」

　澪は頷き、車のドアを開ける。

　するとそのとき、突如ガラガラと音を響かせ、入口のシャッターが開いた。

　驚いて視線を向けると、中から、真っ白な髪をオールバックにセットした、小柄な男が顔を出す。

「あの方がオーナーの広尾さんでしょうか」

「多分。車の音に気付いて出て来たのかも」

店は閉店しているようだし、下手したら怪しまれかねないと、澪は慌てて駆け寄る。

――すると。

「隆也のことを調べているんだって？」

「え……？」

男が口にした言葉に驚き、澪は思わず足を止めた。

すると、男はさらに言葉を続ける。

「私はここのオーナーで、広尾といいます。みずなぎ荘の賢太郎くんから珍しく連絡があってね。隆也のことを調べている二人がこれから訪ねるかもしれないと。ええと……第六リサーチの……」

「あっ……、し、新垣と申します！」

「私は吉原不動産の高木です。増本さんが連絡を入れてくださってたんですね」

「ああ、ついさっきね」

広尾はずいぶん砕けた口調で頷く。見るからに人がよさそうな笑顔に、澪の緊張が緩んだ。

「店の看板には十九時までと書いてあるけど、実際は適当でね。この店は私が一人で営業しているようなものだし、歳をとってからは気分次第で開けたり閉めたりしてるんだ。今日もとっくに閉めて、中で映画を観ていたところだったから、連絡をもらってシャッターを半分開けておいたんだよ」

「そうだったんですか……。わざわざすみません」

賢太郎によれば広尾は七十過ぎだという話だが、見た目は若々しく、とてもそうは見えなかった。

服装もダンガリーシャツに白いパンツと、ラフな服装をサラリと着こなしている。

「さあ、中へどうぞ」

「お邪魔します……」

広尾は入口の戸を開け、澪たちを店の中へ促した。

連絡があったということは心霊調査だと聞いているはずなのに、怪しむことなくあっさりと受け入れられたことが少し不思議だった。

戸惑いながらも足を踏み入れると、広尾は澪たちに店の中のソファを勧める。

「コーヒーを淹《い》れてくるから、少しお待ちを」

「そんな！　お構いなく……！」

「私が飲みたいだけだよ。それに、ただのインスタントだからそんなに恐縮する必要はない」

「では……、お言葉に甘えて……」

広尾が店の奥へ消えた後、澪たちは顔を見合わせる。

高木の表情からは、わずかな戸惑いが見て取れた。

「この、なんだか歓迎されてる感じは、さすがに想定外だったな……」

「ですよね。追い返されるパターンだってあり得ると思ってました」

「広尾さん、ずいぶんおおらかだよね。……このいかにも悠々自適な感じ、なんだか羨《うらや》ましいな」

　そう言われて改めて見回してみれば、店内は確かに、随所に拘《こだわ》りが感じられるお洒《しゃ》落《れ》な空間だった。もちろん商品も並んでいるけれど、配置のセンスがよく、値札がついていなければ、計算されたインテリアのようにすら見える。

　おまけに、澪たちが通された応接スペースがやたらと広く、壁掛けの大きなテレビにはモノクロの映画が流れ、ウクレレが奏でるゆったりとした劇中音楽が、非日常的な空気を醸し出していた。

　基本的に、あまり商売っ気が感じられない。オーナーである広尾自身が気分次第だと口にするだけあって、まさに、悠々自適といった雰囲気だった。

「いいですね、ここ。なんだか日常を忘れそう……」

　気付けば、澪はすっかりリラックスしていた。

そのとき、ふと、目の前のローテーブルに積み上げられたいくつかの冊子に目が止まる。

それはずいぶん古めかしく、背表紙には「1980〜」と四十年前の西暦が書かれているものもあった。

「……アルバムでしょうか」

「っぽいね」

このアルバムが広尾のものだとすれば、おそらく中には隆也が写ったものもあるだろう。さすがに勝手に見るわけにはいかないが、澪の心に期待が広がる。

そのとき。背後から、ふわりとコーヒーの香りが漂った。振り返ると、トレーを手にした広尾が、穏やかな笑みを浮かべている。

「散らかっていて悪いね。久しぶりに隆也の話題が出たものだから、なんだか懐かしくなって、写真を引っ張り出して思い出に浸っていたんだ」

広尾はそう言うと、澪たちの前にコーヒーを並べた。

「あの……、増本さんから、隆也さんがここによく来ていたって聞きまして……」

「そうだね。久しぶりに写真を見たけれど、隆也ばかりだったよ。……見てもらって構わないから、よかったらどうぞ」

「ありがとうございます。では、拝見させてください」

澪は少し緊張しながら、早速一番上のアルバムを手に取る。

表紙を捲《めく》ると、最初のページに貼られていたのは、まだ幼い少年がみずなぎ荘の前でサーフボードを手にピースサインを向ける写真。照れ臭そうにはにかんだ笑顔が可愛らしく、つい澪の表情が緩む。

「可愛い。隆也さんですか……？」

「そう。それはサーフィンを始めた頃だから、七歳くらいかな。父親の血を継いだのか、上達が早くてね」

さらにページを進めてみても、写っているのは隆也ばかり。ときどきウェットスーツ姿の広尾が一緒に写っていて、まるで仲の良い親子のようだった。

「隆也さんにサーフィンを教えたのは、広尾さんなんですね」

「彼の父親の裕二《ゆうじ》が亡くなったとき、隆也はまだ六歳だったからね。賢太郎くんから聞いたかもしれないけれど、私と裕二は幼馴染《おさななじみ》で、よく二人に裕二のことを話してやったよ。……隆也は物心ついた頃からサーフィンをする父親をキラキラした目で見つめていてね。憧《あこが》れもあったのか、七歳になった頃、自分もやってみたいって言いだしたんだ」

過去の写真を見ながら聞く広尾の思い出話は、微笑ましくも切なかった。

それ以降、隆也はサーフィンにすっかりのめり込み、暇さえあれば海に入っていたという。

確かに、どれだけアルバムのページを捲っても、隆也は必ずサーフボードを持っていたし、いかにも楽しそうに笑っていた。

「それにしても……、隆也さんがこんなに熱中しているのに、お兄さんの方は全然だったんですね。さっきご本人からも少し聞きましたが、それにしても……」

ふとそんな感想を零《こぼ》したのは、高木。確かに、写真は驚く程たくさんあるけれど、賢太郎らしき姿は見当たらない。

写真のロケーションはほぼみずなぎ荘の周囲だというのに、まったく姿がないというのも少し奇妙な気がした。

すると、広尾はゆっくりと頷《うなず》く。

「隆也の興味はサーフィン一本だったし……、二人はほとんど一緒にいなかったからなぁ」

「あの……、ちなみに、二人の兄弟仲って……」

澪は、ふいに浮かんだ疑問を口にする。聞き辛《づら》さに少し口ごもると、広尾はそれを察したのか、穏やかに笑った。

「タイプは違うが、仲は悪くなかったよ。賢太郎くんはとても勉強ができる子で、体を動かすよりも本を読んでる方が好きみたいだったね。昔から賑《にぎ》やかな場所を嫌う質《たち》で、隆也の出るサーフィンの大会に顔を出すこともなかったから、仲が悪いんじゃないかって思われていたみたいだが……、そんなことはない。近くで見ていた私に言わせれば、干渉はしないけれど、互いの個性を認め合っていた、という感じかな」

「なるほど……」

その話を聞き、ふと澪の頭に浮かんだのは、次郎と一哉のこと。二人もタイプはまったく違うけれど、とても強い絆《きずな》が存在する。

二人のことを思い出すと、隆也と賢太郎の関係性にも自然と納得できた。

「言ってしまえば、隆也はすべてが父譲り、賢太郎くんは母譲りだ。隆也は成長するにつれ、ときどきハッとする程裕二に似ていった。彼自身も、サーフィンが上達するにつれ、どんどん亡き裕二へのリスペクトも高まっていたから、それを喜んでいたよ」

「亡くなったお父さんを尊敬して、同じことをして……、なんだか素敵な話ですね」

「というのも、裕二は日本にサーフィンというスポーツがあまり浸透していなかった頃に始めた、先駆者の一人だ。憧れている人間は他にも多くいたし、隆也はそれを誇りに思っていたなぁ」

そう語りながら、広尾が手に取ったのはひときわ古いアルバム。

表紙を開くと色褪《いろあ》せた写真がずらりと並び、隆也にそっくりな男の姿が写っていた。

「もしかして、裕二さんですか？」

「ああ。これは彼が亡くなる一年前かな。……ほら、こうして比べると、本当によく似ている」

写真を並べてみると、確かに二人は驚く程に似ていた。写真が劣化していなければ、見分けがつかない程に。

そして、澪はふと、写真を見ながらある事実に気付いた。

「あれ……？　裕二さんと隆也さんが持っているサーフボード、よく似てますね……」

二人が持っていたのは、真ん中に白いラインが入ったオレンジ色のサーフボード。

すると、広尾は懐かしむように瞳《ひとみ》を揺らした。

「よく気付いたね。……その二つは同じものだよ。隆也は裕二のサーフボードを形見として大切にしていた。かなり劣化していたし、さすがに大会で使えるような物じゃないが、手入れしながらときどき乗っていたよ。……少し思い悩んでいるようなときには、決まってそのサーフボードを持ち出して……、まるで父親と会話をしているかのように、ゆったりと」

「そうだったんですか……」

澪は改めて写真を見つめる。

そんな背景を知ってしまうと、サーフボードを抱える姿が妙に切なく感じられた。

――そのとき。

「彼が失踪《しっそう》した日、――流れ着いたのは、そのボードだ」

「え……？」

ふいに語られた衝撃の事実に、澪は目を見開く。

隆也が父親のサーフボードに乗るのは思い悩んでいたときだ、と。たった今、そう聞いたばかりだ。

「なにか、悩みが……？」

衝動的に問いかけると、広尾は切なげな笑みを浮かべ、深い溜《た》め息をつく。

「……わからないんだよ。あのとき、隆也がなにを悩んでいたか。……そもそも、彼は悩み事を誰かに打ち明けるようなタイプじゃなかった。長い時間一緒にいた私にすら、なにも語ってくれなかったからね。……だが、今となっては、無理にでも聞いてやればよかったと思うよ」

「広尾さん……」

「サーフィンとはある意味、危険と隣り合わせのスポーツだからね。彼の腕前はプロ並みだったけれど、どんなに技術が優れていようと、集中を欠けばたちまち命は危険に晒《さら》される。……考え事をしながら夜中の海なんて、もってのほかだ」

広尾が初めて見せた辛そうな表情に、澪たちはなにも言えなくなった。

尚江の姿を見たときにも思ったけれど、隆也を愛していた人たちにとって、二十年という年月は決して長くはないのだろう。

　広尾は隆也の写真を指先でそっと撫《な》で、ゆっくりと目を閉じる。

「……あの日のことを思い出すと、今も息が苦しくなる。……流れ着いたサーフボードを見たときの、心臓が凍り付くような気持ちは、とても忘れられない」

　澪はたまらない気持ちになり、広尾の背中にそっと触れた。

　指先に伝わる小さな震えが、長年の苦しみを物語っている。隆也は広尾にとって、息子も同然だったのだろう。その大きな喪失感は計り知れず、どんな慰めの言葉も薄っぺらい気がして、澪にはただ寄り添うしかできなかった。

「すまないね、隆也とは楽しい思い出ばかりなのに、今日に限ってよくない思い出し方をしてしまったらしい」

「いえ、私たちがいろいろ聞いてしまったせいです……」

「だが、君たちは調べているんだろう？　その……、噂の真相を」

　ふいに、広尾の目に鋭い光が宿る。

　澪は、ゴクリと固唾を呑んだ。

「はい。……私たちは、みずなぎ荘の周辺で起こっている、心霊現象の噂を調査しにきました。……もし隆也さんが無念を残しているなら、なんとかしてあげたいと思っています」

「なんとか、か。……君たちの仕事のことは、正直、よくわからない。ただ……、わかってほしいのは、隆也は人を恨んだりするような男じゃないってことだ。ましてや、呪い殺すなんて……」

「広尾さん……」

「あの海で事故に遭ったというのは、ほとんどがサーファーだろう？　田舎には、余《よ》所《そ》者を受け入れないローカリズムの強いポイントが多くあるが、隆也は誰でも歓迎していたし、危険がないよう地形や特徴を丁寧に教えてやっていた」

「優しい人だったんですね」

「とてもね。あの目立つ見た目のせいでよく誤解をされたものだが、私に言わせれば真面目すぎるくらいで、おかしな遊び方をしたことなんてない」

　隆也のことを語りながら、広尾の表情はふたたび柔らかくなった。澪の緊張も、ふっと緩む。

「かっこよくて真面目なんて、すごくモテたんでしょうね」

「それはもう、大変な人気だったよ。大会に出たりと名も知れていたから、写真もよく求められていたしね。ただ、あいつはそういう面ではとくに不器用で、女の子と適当に遊んだりできるタイプじゃなかった。まあ、……隆也の恋愛事情はほとんど聞いたことがないけれど……、一途《いちず》に想う相手がいるような雰囲気はあったかな」

「ますます素敵です……」

「彼は、私の自慢だから」

広尾はそう言うと、言葉を止めた。そして、ソファの背もたれにゆっくりと背中を預ける。

「すみません……、なんだか長々とお話しさせてしまって。お疲れですよね」

気付けば、外はすっかり暗い。心配になって謝ると、広尾は目を閉じたままゆっくりと首を横に振った。

「いや……、誰かと隆也の話をしたのは久しぶりで、嬉《うれ》しかったよ。賢太郎くんから連絡をもらったときは、正直、不躾《ぶしつけ》な質問が飛んでくるんじゃないかと構えていたが……、思い出に浸れてよかった」

「そう言っていただけると……」

澪はほっと息をつく。

すると、高木がポケットから車のキーを取り出した。

「遅くまでお邪魔してすみません。僕たちはそろそろお暇《いとま》しますね」

「そうか。……しばらくみずなぎ荘にいるなら、いつでも来るといい」

「ありがとうございます。助かります」

そして、澪たちは広尾の店を後にした。

帰りの車の中でノートに情報をまとめながら、澪の心の中には、少し複雑な気持ちが広がっていた。

「……広尾さんの話を聞いていると、隆也さんのイメージが少し変わりました」

呟《つぶや》くと、高木も頷《うなず》く。

「だね。軽薄でチャラい男だろうと勝手に思い込んでたよね」

「……でも、実際は真面目だったみたいですし、すごくいい人そう……」

「まあ、人の印象なんて曖昧《あいまい》だし、人によって真逆に変わることもあるから。……でも、話を聞く限り、俺も隆也さんには好感を持ったな」

澪のノートに記されているのは、隆也という人物がいかに好青年だったかを物語るものばかり。

印象的だったのは、「隆也は人を恨んだりするような男じゃない」という、広尾の言葉。

そして、もっとも引っかかっているのは、失踪していた日に乗っていたのが、父親の形見のサーフボードだったという話だ。

「隆也さん、なにを悩んでいたんでしょうか……」

「広尾さんは、本当に知らないみたいだったね。嘘をついているようには見えなかったし」

「私もそう思います。……っていうか、そもそも男の人ってあまり人に相談しませんよね……。一人で抱え込んじゃう人が多い気がします」

「たとえば、次郎とか？」

ふいに名前を出され、澪の心臓が小さく跳ねる。

「じ、次郎さんだけじゃなくて！　晃くんとか、高木さんだって……！」

慌てて否定すると、高木は可笑《おか》しそうに笑った。

「ごめん、想像通りの反応だったから思わず笑っちゃった。にしても、澪ちゃんは本当にわかりやすいね」

「そんなことないです！　高木さんの邪推は当たってません！」

「そう？……まあ、そういうことにしておいてもいいけど」

澪は平静を装うものの、ノートにはぐるぐると無意味な螺《ら》旋《せん》が走る。

もちろん、自覚していた。いつからか、辛《つら》い過去も、目の当たりにした残酷な現実も、なにもかもをすべて一人で抱え込む次郎の支えになりたいと望むようになった、自分の気持ちを。

第六の社員として一人前になりたいとか、もっと役に立ちたいとか、そういう思いも決して嘘ではないけれど、その根幹にあるのは次郎の存在に他ならない。

　ただ、仕事もろくにできないうちに軽々しいことを口にするわけにはいかず、考え抜いた結果、澪はスキルアップに徹するという方法を選んだ。いつか、次郎を支えられるようになるために。

　しかし、現状は次郎に迷惑をかけてばかりで、目標達成には遠く及ばない。支えになるなんて、もはや夢のような話だ。

「自分だって、結構抱え込んじゃってるんじゃないの？」

「え……？」

　高木の声で、ぼんやりと考え込んでしまっていた澪は、ビクッと肩を震わせた。視線を上げると、ルームミラー越しに高木と目が合う。

「澪ちゃんっていかにも単純に見えて、意外と妙なこじらせ方するタイプだと思うからさ。……俺はときどき心配になるよ」

「そんなことは……」

　自覚があるだけに、つい動揺してしまった。

　けれど、澪は相変わらずノートの端を塗りつぶしながら、首を横に振る。

「出世の道のりをシミュレーションしてただけです……」

「出世ね。……仕事の？」

「……それ以外になにがあるんですか」

「さあ」

高木といると、なにもかもが見透かされているような気がして、ときどき居たたまれない。

澪はすっかり汚れてしまったページを捲《めく》り、真っ白なページを開いた。


「――澪ちゃん遅すぎ。お腹が空《す》いて死にそうなんだけど」

みずなぎ荘に戻ると、機材の設定を終えた晃が拠点で澪たちを出迎えてくれた。

「ごめん……、先に食べててよかったのに」

「一度はそう思ったんだけど、冷蔵庫を開けたら超豪華な料理が入ってて。あんなの一人で食べてたら寂しくて死んじゃう」

確かにそうかもしれないと、澪は想像して思わず笑う。実際に賢太郎がカツオのたたきを作る様子を見ていたけれど、金額に見合わないくらいの手間がかかっていた。

「まあ、初日はまだ余裕があるし、みんなで食事するのもいいね。……ってか、次郎は？」

「部長さん？……さあ、海じゃない？　様子を見てくるって言ってたし」

「様子を……？」

澪はふと、慰霊碑の周囲に漂っていた重い空気を思い出す。そして、もしかして次郎は一人で慰霊碑に行ったのではないかと、不安を覚えた。

「私、ちょっとその辺を捜してくる」

「澪ちゃん、俺も付いていくよ」

「大丈夫です！　私だって第六の社員ですし、これくらいで付き添いしてもらうわけにはいかないですから！」

「いや、だけど……」

「行ってきます！」

澪は高木の申し出を断り、拠点を後にする。

　みずなぎ荘を出てワタリドリの小道を進むと、左側に見えるリアムのテントからはぼんやりと灯《あか》りが漏れていた。かすかに伊原ののん気な笑い声が聞こえる。

　思わず、ほっとしてしまっている自分がいた。不思議と、伊原の笑い声はいい意味で力が抜ける。

　澪は二人の気配を背に、右側の岩場へ向かった。

　ビーチにはところどころに頼りない街灯があるものの、照らす範囲は狭く、逆に気味悪さを演出している。

「夜の海ってやっぱ独特……」

　怖さを振り払うためにひとり言を零《こぼ》してみるけれど、小さな声はたちまち波の音にかき消される。

——隆也さんは、こんなに暗い海で……。

澪はふと、隆也が失踪《しっそう》した日のことを想像した。

夜の海は、昼とは印象がまったく違い、押し寄せる波には恐怖すら感じられる。こんな状況でサーフィンをするなんて、澪にはとても考えられない。

調査を請けた当初、夜中のサーフィン中に失踪したと聞いたときは、よほど怖いもの知らずなのだろうと、その無謀さに内心少し呆《あき》れていた。見た目の印象から遊び人だと勝手に思い込んでいたし、おそらくハメを外した結果なのだろうと。

けれど、賢太郎や広尾から話を聞いて、その印象は変わった。

事故当日の隆也が、なにかに悩んでいたことは間違いない。それも、形見のサーフボードを持って海に入らずにはいられないくらいに。

「悩み、か……」

澪はブツブツと呟きながら、足を進める。

そして、間もなく岩場に差し掛かろうとしていた、そのとき。突如、背後から、砂を踏む音が響いた。

ドクンと心臓が揺れる。

気のせいであってほしいと、澪は一旦《いったん》立ち止まって耳を澄ませる。しかし、残念ながら希望は叶《かな》わず、ふたたび同じ音が響いた。

おそらくそれは、足音。何者かが、澪の背後に接近している。

——ちょっと……、待ってよ……。

咄嗟《とっさ》にポケットを探るけれど、お札は入っていない。考えてみれば、澪は到着して以来、荷物をほどいてすらいなかった。

背後の気配は徐々に近付き、額にじわりと汗が滲《にじ》む。とにかくここから離れなければと、逃げ道を探して視線を彷徨《さまよ》わせるものの、目の前に広がるのは岩場。

足場が悪い上、先に進めば慰霊碑がある。

ただ、もはや迷っている暇はなかった。もし今金縛りにでも遭おうものなら、取り返しがつかない。

澪は迷った結果、意を決して、岩場へ向かって勢いよく足を踏み出す。砂に足を取られながらも、気配を振り払うように必死に走った。——しかし。

「おい……!」

突如響いた、よく知る声。

頭で理解するよりも早く、スッと緊張がほどける。足を止めて振り返ると、——そこに立っていたのは、次郎。

「え……、あれ……？」

「……なにしてるんだ、お前」

次郎はすっかり呆れた表情で、澪を見つめていた。

「な、なにって、……えっと、次郎さんを捜しに……」

捜しに来たら背後に気配を感じ、霊と間違えて逃げようとしたなんてさすがに言えない。澪は目を泳がせ、必死に言い訳を考える。

しかし、次郎はそれ以上追及することなく、岩場の奥へ視線を向けた。

「一人でこっちに来るなと言ったろう。……岩場の周囲はとくに、あまりいい空気じゃない」

「すみません……。ちなみに、次郎さんはどちらへ……？」

「失踪現場と慰霊碑と、周囲の環境をもう一度確認していた。……戻るぞ」

次郎はそう言い、くるりと背を向ける。澪は後を追いながら、少し複雑な気持ちを抱えた。

一人で行動もできない人間なんて、役に立つどころかただの足手まといではないか、と。

次郎と比べるのはおこがましいと思うものの、いくらなんでも無力に思えてならない。

「で、サーフショップはどうだった」

「…………」

「澪？」

「え！……あ、すみません。いろいろ聞いてきたので、後で報告しますね」

つい考え込んでしまっていた澪は、慌てて返事をし、次郎からの訝《いぶか》しむ視線を無理やり躱《かわ》した。

幸い突っ込まれることもなく、澪はほっと胸を撫《な》で下ろす。

「……とにかく、まずは今晩の撮影結果待ちだな」

「そうですね、なにかが映るといいですけど……」

「アタリも付けられない状態ではなんとも言えないが……、お前はいつも通り、夜中に少しでも異変があればすぐに報告しろ」

「はい……！」

澪は力強く頷《うなず》いた。

霊との相性がいい澪がもっとも役立てるのは、まさに夜中。以前の澪なら、お願いだから出てこないでくれと祈ったものだが、今日に関しては少し違う。

やがて、澪たちはワタリドリの小道を抜け、みずなぎ荘へ戻った。

こうして、調査初日の夜は、終わろうとしていた。

「――なにも……、なかった……」

調査二日目となる翌朝。澪は体を起こすやいなや、がっくりと項垂《うなだ》れた。

少しでもヒントを得られればと期待して眠りについたものの、結果は呟《つぶや》きの通りだ。一度も目を覚ますことなく、夢すら見ない程に熟睡してしまったことが、なんだか妙に居たたまれなかった。

次郎が部屋の端に準備してくれた結界が、むなしさを余計に煽《あお》る。

時計を見れば、時刻は七時。

次郎はとうに起きているだろうと、澪は急いで着替え、ひとまず隣の洗面室へ向かった。

洗面室には先客がいた。澪が入ると、まだ半分夢の中といった様子で歯を磨く晃と鏡越しに目が合う。

「晃くん、おはよう」

「おはよ……。眠い……」

「珍しいね。いつもなら、調査の日はテンションが高すぎるくらいなのに」

「……朝方まで失踪現場の映像をモニタリングしてたんだけど、なんっにも映らなかったからさ……。期待外れすぎて疲労が倍」

「そうなんだ……」

失踪現場は、普通に考えてもっとも霊が出現する確率が高い場所だ。そこに映らなかったのなら、他のポイントもあまり期待できない。

いきなり反応があることの方が珍しいけれど、並々ならぬ気合いで臨んだぶん、少し肩透かしだった。

晃は歯を磨き終えると、相変わらずぼんやりした様子で洗面室を出て行く。

「澪ちゃん、これから改めて全部の映像をチェックするから、拠点に集合ね。……僕、カメラのメディアを回収してくる」

「うん、わかった……、ありがとう」

鏡に映るのは、十分に睡眠が取れた健康的な自分。こんなはずではなかったのにと、思わず溜《た》め息が零《こぼ》れる。

そのときの澪は、もはや初日の収獲は絶望的だと、まったく期待をしていなかった。

――しかし。

思いもしない報告を聞いたのは、拠点に足を踏み入れた瞬間のこと。

「澪、行くぞ」

「次郎さんおは……え？」

「……溝口から連絡があった。奴らがなにかを視たらしい」

「奴ら……？」

「早く」

説明もそこそこに、階段を下りていく次郎を慌てて追いながら、澪の鼓動は徐々に早くなった。

奴らと聞いて思い当たるのは、リアムと伊原以外にいない。

つまり、ビーチでテントを張っていた二人には、昨日晃が「餌扱い」と揶揄《やゆ》していた通りのなにかが起こってしまったらしい。

澪たちが急いでテントへ向かうと、まず目に入ったのは、キラキラと目を輝かせるリアムの姿だった。

リアムは澪たちに気付くと、嬉《うれ》しそうに手招きをする。

「ミオ、ジロー！　この海は本当に素敵な場所だ！　昨晩、不思議な来訪者があったんだよ……！」

澪はその様子を見て、思わず苦笑いを浮かべた。リアムに関しては、霊に対する認識が一般とかなりずれている。

「リアム、落ち着いてください……。不思議な来訪者というのはつまり……」

「突然、海からサーフボードを持った男が上がってきたんだ。彼はここから十メートルくらい先で立ち止まって、僕たちの方をじっと見てたよ。その後スッと消えちゃったけど……、まるで、精霊のようだったなぁ……！」

「サーフボード……。それって何時頃ですか？　ちなみに、誰かが海に入って行くところは見ました……？」

「ミツルに付き合って遅くまで飲んでたからあまり覚えてないけど、時間は二時過ぎくらいだと思う。誰かが海に入るところは見なかったな。むしろ、人の気配なんてなかったから、あれは絶対に霊だよ！」

　万が一、そんな時間に誰かがサーフィンをしていたとして、海に入る時点で二人が気付かないのはおかしい。ただ、興奮しきっているリアムの話を鵜呑《うの》みにするのも少し躊躇《ためら》われた。

　澪はタープの下でタオルケットにくるまる、伊原の傍に膝《ひざ》をつく。伊原ならば、リアムよりは冷静なはずだと。

「伊原さんすみません、お話を聞いてもいいですか……？」

　しかし、そんな澪を見て、リアムが可笑《おか》しそうに笑った。

「ミオ、それはミツルじゃないよ」

「え？」

　思わぬ言葉に、澪は改めて寝転がる男に視線を向ける。

　そして、タオルケットからはみ出したスラリとした手首を見た瞬間、目を見開いた。

「まさか、高木さん……!?」

澪がその名を口にすると、晃も笑い声を零す。

「そっか。澪ちゃんは拠点にいなかったから知らないよね。高木くん、昨晩ここに来てたんだよ。ウィジャボード？ってやつを没収しに行くって言って」

「そうだったんですね……」

「そう。僕は久しぶりにマサフミと話したかったし、遅くまで引き留めていたんだけど……、霊が姿を現した頃、急に寒そうに震えはじめて、ダウンしちゃった。……ちょっと飲ませ過ぎたのかもね」

「…………」

昨晩現れたのは霊に間違いない、と。

高木の反応を知り、澪は確信した。

霊障に敏感な高木は、霊を視るとすぐに意識を失う性質がある。あまりに気の毒だが、次郎も認めるなによりわかりやすい基準だ。

「……それにしても、念のために仕掛けたカメラが当たるとはな。……澪、溝口、戻って映像を検証するぞ」

「了解。でも、高木くんどうすんの？」

「目を覚ますまで放っておけ」

次郎はそう言うと、くるりと背を向ける。

澪も慌てて後を追ったけれど、ふと疑問が浮かんで足を止めた。寝転がっているのが高木ならば、伊原はいったいどこへ行ってしまったのだろうか、と。

テントの周囲をキョロキョロと見回していると、リアムが察したらしく、岩場の方を指差した。

「ミツルなら、アクリョウタイサン？　のお祈りしてくるって言って向こうに行っちゃったよ。マサフミから聞いたけど、あっちに慰霊碑があるんでしょ？」

「えっと……、伊原さんは、慰霊碑でお祈りしてるんですか……？」

「うん。残念だけど、彼にはこの神秘が伝わらないみたいだ」

澪はがっくりと肩を落とす。

わかっていたつもりだったけれど、伊原の発想もまたかなりずれていると。

しかし、次郎は慣れているのかまったく気にする様子もなく、すでにワタリドリの小道まで戻っていた。

「次郎さん、待ってください……！　リアム、また後でお話聞かせてくださいね」

「もちろん。ミオならいつでも歓迎するよ」

こんなときですらブレない美しい笑みとリップサービスに感心しながら、澪は慌てて次郎を追った。

みずなぎ荘に戻ると、晃は先ほどと打って変わって軽快な足取りで階段を上る。すっかり諦《あきら》めていた収獲があり、検証したくてうずうずしているのだろう。

しかし、一方で、澪の気持ちは複雑だった。

心に渦巻いているのは、霊と最初に遭遇するのはいつも自分のはずなのに、という思い。

興奮するリアムと、意識を失った高木の姿が、しばらく頭から離れなかった。

――自分の能力を出せないなら、ここにいる意味がない……。

いつも以上の気概を持って臨んでいた澪にとって、このまさかの展開には不安を覚えずにいられない。その上、拠点に着くやいなや次郎からかけられたのは、ストレートな質問。

「澪。昨晩、お前はどうだった」

「……い、いえ、私はとくに、なにも……」

「そうか」

動揺から目が泳いでしまったけれど、次郎はとくに気に留める様子もなくモニターに視線を向けた。やがて、晃がテントの周囲を録画した映像の再生をはじめる。

カメラはビーチから海に向かって広めの画角が取られ、左側にリアムたちのテントが映り込み、タープ下で飲む二人の姿が確認できる。会話が聞こえる程近くはないが、音量を最大に上げると、波の音に紛れてときどき笑い声が響いた。

二十三時頃、高木がテントを訪れる様子が映ったけれど、それ以降は誰の行き来もないまま、変化のない映像が続く。

晃はしばらく早送りをし、映像内の時刻が間もなく二時を回った、――そのとき。

突如、映像に小さなノイズが走る。

ほんの一瞬のことだったけれど、不自然なノイズは霊障の可能性が高い。晃が慌てて再生速度を戻すと、もう一度、今度はさっきよりも大きいノイズが走った。

澪はゴクリと固唾を呑む。次郎の目も真剣みを帯び、部屋は一気に緊張に包まれた。

――すると。

真っ暗な海の方に、突如、白っぽいなにかが浮かび上がる。

最初は勘違いかと思ったけれど、それはゆらゆらと動きながら、ビーチをゆっくりと移動した。

カメラからの距離は、おそらく三十メートル程。形はまだハッキリしないけれど、それは徐々に距離を詰める。そして。

「……この白っぽいのって、サーフボード……？」

晃がポツリと呟《つぶや》いた瞬間、澪の背筋がゾクリと冷えた。

暗闇の中白く浮かび上がって見えたのは、確かにサーフボードだった。それはゆらゆらと動きながらテントの灯《あか》りが届く場所まで移動し、――やがて、それを抱える人物の膝から下を、灯りの下に晒《さら》した。

「っ……」

澪は思わず息を呑《の》む。まだサーフボードと体の一部しか見えていないけれど、その輪郭は霊とは思えないくらいにハッキリしていた。

波の音に紛れ、砂を踏みしめる音も響いている。

このまま動き続ければ、間もなく全身が明らかになるだろう。澪は込み上げる恐怖をなんとか抑え、その動向を見守った。――しかし。

霊は全身を明らかにする前にぴたりと動きを止め、テントへ向けて、ゆっくりと体の向きを変えた。

同時に響く、伊原の叫び声。どうやら、霊の存在に気付いたらしい。そこからのテントの様子は、混沌《こんとん》としていた。

高木らしきシルエットは倒れ、伊原はどこかへ走り去っていく。

ただ、リアムだけは霊へ向かってじりじりとにじり寄り、少しずつ距離を詰めた。

しかし、あと数メートルまで接近したところで、霊はふたたび体の向きを変え、暗闇に紛れるかのようにスッと姿を消す。

同時にノイズも収まり、映像の中では、リアムが茫然《ぼうぜん》と立ち尽くしていた。

そこで、次郎が再生を止める。

「溝口、少し戻して霊の姿を拡大してくれ」

「了解」

晃は次郎の指示通りにシークバーを操作し、灯りに照らされた足元を拡大した。距離があるせいで画像は荒いが、それは間違いなく人の足だった。

ただ、澪が気になったのはそこではなかった。拡大した映像で明らかになったのは、サーフボードの模様。暗くて色は曖昧《あいまい》だが、はっきりと確認できたのは、白いライン。

それは忘れもしない、広尾に見せてもらった写真で何度も見た、隆也が父から受け継いだサーフボードだ。

「これ……、隆也さんのサーフボードです……」

次郎と晃の視線が、澪に集中した。

「……昨日話していたやつか」

「はい。お父さんの形見のサーフボードです。写真を見たので、間違いないです……」

「……ってことは、ここで噂になってる霊ってやっぱり隆也さんなんだ？」

確かに、そう考えるのが自然だった。

ただ、澪はなんとなくしっくりこず、首を捻《ひね》る。

気になるのは、映像から伝わる妙に静かな雰囲気。

霊が映り込んだ映像なら数々見てきたけれど、人に危害を加える程恨みを募らせた霊は、そのほとんどが苦しみや怒りを全身に滾《たぎ》らせ、映像でわかる程禍々《まがまが》しい空気を放っていた。一方、隆也の姿からは、恨みや無念どころか感情がまったく感じ取れない。精霊だと表現したリアムの言葉に共感してしまう程に。

「……この映像だけだとよくわからないな」

おそらく、次郎も同じことを考えていたのだろう。静止した画面をじっと見つめたまま、そう呟いた。

その後、澪たちはワタリドリの小道やみずなぎ荘の前、廊下、そして晃がモニタリングしていた失踪《しっそう》現場の映像も確認してみたものの、結果、隆也らしき姿が確認できたのは、リアムのテントの映像だけだった。

すべてを確認し終えると、次郎は少し考え込み、晃に視線を向ける。

「……溝口は、念のためにすべての映像をもう一度倍速で確認してくれ。小さなノイズも見逃さないように。それから、高木が起きたら昨晩の状況を確認して欲しい。あと……、さっきの録画の、隆也が映っている箇所だけ切り取って、俺の携帯に送ってくれ」

「オッケー」

「澪。……行くぞ」

「え？　あ、はい……！」

突如立ち上がって拠点を出て行く次郎に呼ばれ、澪はわけがわからないまま後を追った。

すると、次郎は階段を下りて廊下を歩きながら、途中で一度携帯を確認する。そして、晃から動画が届いたことを確認すると、談話室に入った。

談話室には、魚が焼ける香ばしい香りが漂っていた。朝食の準備をしていた賢太郎が、次郎の姿を見て申し訳なさそうな表情を浮かべる。

「皆さん、朝早いんですね。すみません、朝食の支度はまだできていなくて」

しかし、次郎は首を横に振り、賢太郎に携帯のディスプレイを向ける。

「……いえ。確認していただきたいものが」

次郎が賢太郎に見せたのは、届いたばかりの昨晩の映像。賢太郎は不思議そうにディスプレイを覗《のぞ》き込み、たちまち顔色を変えた。

「……これ、は……」

「隆也さんで間違いないですか？」

「…………」

賢太郎は、反応もできない程に驚いていた。次郎から携帯を奪うようにして、しばらくじっと見入る。

「これは、昨晩の調査で撮影されたものです。左に映り込んでいるのは連れのテントで、彼らは実際に目撃したそうです。ちなみに、誰にも被害はありません」

「隆也……」

「やはり、隆也さんで間違いないですか？」

次郎の問いかけに、賢太郎の瞳《ひとみ》が大きく揺れた。そして、苦しげな表情を浮かべ、ディスプレイから目を逸《そ》らす。

「……やっぱり、無念を……」

「この映像だけでは、まだなにもわかりません」

「けれど、あいつは……、こうして……」

昨日はずいぶん冷静に見えた賢太郎も、指先は震え、額には大粒の汗が滲《にじ》んでいた。亡くなったはずの弟がこれ程はっきり映っているのだから、その反応は無理もない。

「大丈夫ですか……？」

「……すみません、動揺してしまって……。これだけの騒ぎになってもなお、私は心のどこかで、所詮《しょせん》は噂だと思っていて……」

「そう思うのが普通ですから……」

「それにしても、心霊調査ってすごいんですね……。まさか、こんなにすぐに……。本当に驚いたな……」

賢太郎はそう言うと、携帯を次郎に返し、タオルで額の汗を拭《ぬぐ》う。

しかし、すぐに気を取り直し、おもむろに包丁を取り出すと料理を再開した。

規則的に響く包丁の音は逆に不自然で、無理に平静を保っているようでもあり、これ以上の情報を拒否しているようでもあった。

これ以上質問を重ねるのは酷だろうかと、澪は次郎の出方を窺《うかが》う。

しかし、次郎はさらに言葉を続けた。

「隆也さんがこの世に留《とど》まり続ける理由に、心当たりはありませんか」

「……その質問には昨日も答えましたが……、心当たりなんて……」

賢太郎は、手は止めず、淡々とそう答える。心なしか、包丁の音が大きくなった気がした。——そして。

「ただ、彼はまだ若かったですし、無念があっても不思議じゃないとは思ってますが……」

そう言って、口を噤《つぐ》んだ。

すると、次郎は携帯をポケットに仕舞い、賢太郎に頭を下げる。

「……忙しい時間に失礼しました。またなにかあれば、ご協力をお願いします。……澪、行くぞ」

「あっ……、はい……！」

澪も慌てて賢太郎にペコリと頭を下げ、談話室を出て行く次郎の後を追った。

次郎は少し先を歩きながら、小さく溜《た》め息をつく。

「……なにかを隠してる気がする」

「賢太郎さんがですか……？　単純に驚いただけでは……」

賢太郎は、確かにかなり動揺していた。ただ、死んだはずの身内が映った映像を見せられたのだから無理もないと、澪はとくに疑問を持たなかった。

しかし、次郎は首を横に振る。

「驚くのは当然だ。むしろ、もっと取り乱してもいいくらいだ」

「え、っと……？」

「……なのに、賢太郎は手作業を止めず、無理して平静を保とうとしていただろう。……霊を視たこともない男が、逆に不自然だと思わないか？……動揺を隠したがる奴は、大概なにか裏がある」

そう言われると、途端に不自然に思えはじめた。確かに、わざわざ動揺を隠す理由はない。

ふと頭を過《よぎ》るのは、昨日の賢太郎の様子。あのときも、澪たちの質問に答えながら、賢太郎は作業を止めなかった。

「感情が顔に出るのを誤魔化してたってことですか……？」

「おそらく、心霊調査自体に半信半疑だったんだろうな。……なのに早速映ってしまって、信じざるを得なくなり、不安を覚えたのかもしれない」

「……隠していることがバレるんじゃないかって……？」

「今はただの推測に過ぎないが、可能性はゼロじゃない」

「でも、だったら最初から調査なんて依頼しない方がいいんじゃ……」

「……覚えてるか？　賢太郎は俺に昨日、『なにも判明しなかったときには、そういう結論にしてもらえると』と言った。……おそらく、賢太郎は立ち退きするために都合のいい結論を出してくれればそれでよかったんだ。そして、土地を欲しがってる吉原不動産の紹介で来た俺らなら、間違いなくそうすると踏んだんだろう。だから、依頼した」

　次郎の推測はあまりに説得力があり、澪はたちまち不安を覚える。これは、本当に、――ただの心霊調査なのだろうか、と。

「……次郎さん」

　心に浮かんだ不穏な予感はとても心に留めておけず、澪は縋《すが》るように次郎を見上げた。次郎はまるでその言葉の続きを知っているかのように、いたって冷静に澪の言葉を待つ。

「もしかして……、隆也さんの失踪は事故じゃなくて、事件だと思ってますか……？」

口にした途端、全身がゾクリと冷えた。

肯定されるのが怖くて、指先が震える。

しかし、――次郎は頷《うなず》かず、やれやれといった様子で溜め息をついた。

「……そんなに構えるな。まだいろんな可能性を考えてるだけだ。……賢太郎がなにかを隠しているように見えたのは確かだが、事件だと決めつけてはいない。……それに、もし隆也が賢太郎を恨んでいるなら、真っ先に標的になるはずだ」

「そういえば……。賢太郎さんは隆也さんの霊を視たことがないって言ってましたね……」

「所詮は本人談だが、さっきの映像を見たときの動揺ぶりを考えると、おそらく嘘じゃなさそうだな」

「確かに……。だけど、直接隆也さんの死に関わっていないなら、なにを隠しているんでしょうか……」

「わからないから、探るしかない」

次郎はそう言うと、ふたたび二階へ向かった。

しかし、拠点に戻るのかと思いきや、廊下を突き当たりまで進む。

一番奥にあるのは、イカルの間。

かつては隆也の部屋だった場所にあり、現在は尚江によって隆也の遺品が収納されているという客室だ。

次郎はイカルの間の前に立つと、躊躇《ためら》いもなく戸を開け放った。澪は動揺し、思わず周囲をキョロキョロと見回す。

「は、入るんですか……？」

「……なにを怯《おび》えてる」

「尚江さんに見られたら怒られるかもって……」

「いちいち気にして調査できるか」

「そ、それはそうですが……」

一応許可はもらっているものの、慰霊碑で「そっとしておいてほしい」と口にした尚江の表情を思い出すと、躊躇《ちゅうちょ》せずにはいられない。

しかし、次郎は気にする様子もなく、あっさりとイカルの間に足を踏み入れた。

「ま、待ってください……！」

澪は恐る恐る次郎の後を追う。中は、雨戸が閉められているのか、午前中とは思えないくらいに真っ暗だった。

澪は廊下から届く頼りない灯《あか》りを頼りに、壁伝いに歩きながら照明のスイッチを探す。

そして、ようやく見つけて照明を点《つ》けた、そのとき。明るくなった部屋の様子に、澪は目を見開いた。

部屋の構造は他と同じだが、中の様子はもはや客室の体をなさず、たくさんの物が雑然と並べられていた。

そんな中、一番に目を引いたのは、棚に立てかけられたサーフボード。オレンジ色に白いラインが入ったそのデザインを、もちろん澪は覚えている。

隆也が大切にしていた、形見のサーフボードだ。

「これ……、隆也さんのお父さんの形見の……」

「失踪《しっそう》後に流れ着いたってやつだな。……やっぱりここにあったか」

どうやら、次郎がこの部屋に来た目的はこれだったらしい。他には目もくれず、サーフボードの前に座る。

澪も次郎の横に並び、初めて目にする実物を眺めた。

ところどころ傷んではいるが、素人目には、何十年も前の代物だとはとても思えなかった。親子二代にわたって愛用された歴史を思うと、なんともいえない気持ちが込み上げてくる。

そして、同時にほんのかすかな胸騒ぎを覚えた。

「次郎さん……、なんか、このサーフボード見てると、変な感じが……」

「……物にも念が宿る。長年使われた物なら、余計に。敏感なお前は落ち着かないだろうな」

「そうですね……」

　思い入れのある物や場所には強い感情が残り、その感情だけが独立したものは、残留思念や念と呼ばれる。

　第六リサーチがオフィスを構えるキラナビルのオーナーであり、霊能者でもある東海林《しょうじ》が言うには、念と霊は似ているが別物らしい。

　念はどこにでも存在し、決してマイナスなものばかりではないという話だが、中にはリアムのホテルを調査したときに澪に入り込んできたような、極めて危険なものもある。

「……しかも、これはただの遺品じゃない。遺体が見つからないのにこれだけが打ち上げられたってなると、家族や知人たちの感情も向けられたはずだ」

「このサーフボードには、いろんな人の念が込められてるってことですよね……」

「もちろん、隆也の霊がこれに憑《つ》いてるっていう可能性もある。……今夜はこの部屋にもカメラを置くか……」

　念と同様に、多くの霊もまた、場所や物や、ときには人に宿ってこの世に留《とど》まっている。

　だから、次郎が言うように、隆也が憑いているという可能性も否定できない。ただ、そう考えるには、少し疑問もあった。

「ですが、もし隆也さんがこのサーフボードに憑いているんだとしたら——」

言いかけた言葉を突如止めた澪に、次郎は眉根《まゆね》を寄せた。

澪の頭に浮かんでいたのは、もし隆也がこのサーフボードに憑いていたとして、昨晩もここからビーチへ向かったのなら、——近くの部屋で寝ていた自分が気付かないなんてことがあるだろうか、という思い。

口にできなかった理由は、今も拭《ぬぐ》い去れない不安からだった。

「憑いてるんだとしたら……の、続きは」

「え、えっと……、廊下のカメラに映るんじゃないかなって……」

澪としては、案外上手く誤魔化せたつもりだった。しかし、次郎はやけに意味深な表情で、澪を見つめる。

「……確かに、お前も視なかったしな」

「…………」

反応を観察されているような視線が居たたまれず、澪は不自然に目を逸《そ》らした。しかし、次郎はそれ以上なにも言わず、ふたたびサーフボードに目を向ける。

そして、サーフボードから伸びる黒いストラップに触れた。

「それって、リーシュコードですよね……？」

「……ああ。切れてるな」

本来ならリーシュコードの端にあるはずの、足首に巻くパーツがない。

「切れるって、よくあることなんでしょうか……？」

「頻繁に切れると問題だが、パーツの繋《つな》ぎ目にはかなりの負荷がかかるだろうから、少なくとも異常なことではないだろうな」

「海水で劣化もするでしょうしね……」

「ただ、大会に出る程本気でやっていた人間なら、マメに替えていると思うが……」

澪がネットで調べたときにも、リーシュコードは消耗品であり、定期的に交換する必要があるとあった。

次郎が言う通り、サーフィン歴が二十年にもなり、サーフショップに頻繁に出入りしていた隆也なら、十分にメンテナンスをしていたはずだ。

「……じゃあ、誰かが故意に、って可能性も……？」

故意にと口にした瞬間、次郎の目がかすかに揺れた。おそらく、同じことを考えていたのだろう。

けれど、次郎はしばらく考えた後、首を横に振る。

「さっきも言ったが、その線で考えるのはさすがに早すぎる。……リーシュコードは命綱じゃないし、隆也が失踪したポイントは岩場も近い。転落したときに岩に接触していれば、ひとたまりもないだろう」

「そうですよね……」

ついつい不穏な方へ予想が向かってしまい、澪は一旦《いったん》冷静になろうと、ゆっくり深呼吸をした。

とはいえ、二十年も前の事故のことを調べようと思うと、裏を取りようのない曖昧《あいまい》な可能性が増えるばかりだった。

そんな状況の中、真実を知ろうと思うと、澪に思いつく方法はたった一つ。

――隆也さんから直接話を聞ければ……。

それは、紛れもなく一番手っ取り早い方法だ。

ただ、昨晩は、隆也は澪のところに現れなかった。一方的に望んだところで、上手《うま》くいくとは限らない。

「とにかく、今は地道に調査を続けて可能性を絞るしかないな。……行くぞ」

「は、はい……！」

次郎が立ち上がり、澪もその後に続いた。

部屋を出る間際にふと振り返ると、暗闇にぼんやりと浮かび上がるサーフボードがなんだか物寂しい雰囲気を放っている。

澪はしばらくそれを見つめ、そっと戸を閉めた。

「――澪ちゃんマジでなんとかしてよ……！　初日の夜から霊が出るとかやばすぎでしょ……！　帰ろうって言ってんのにリアムは断固拒否するしさ……！」

「まあ、そうでしょうね……」

「霊ってもっと控えめに出るもんじゃないの？　あんな、当たり前のように立っていいの？」

「羨《うらや》ましいです……」

「……なに言ってんのあんた」

その日の日没後、リアムたちの様子を見るためテントを訪れていた澪は、伊原の訴えを聞きながら重い溜《た》め息をつく。

ちなみに、調査二日目は、イカルの間で実物のサーフボードを見たこと以外に、新たな情報を得ることはできなかった。

澪としては、もう少し賢太郎から話を聞きたかったけれど、昼過ぎに買い物に行くと出て行ったっきりほとんど顔を見ることはなく、夕方に談話室に行くと、すでに冷蔵庫に夕食が準備されていた。

避けられている、と。

不審感は深まったけれど、次郎は朝と同様に、安易に思い込むなと慎重な様子だった。

「ほら、やっぱりミオは羨ましがってる。ミオ、ミツルにこの神秘が全然伝わらなくて、僕はもどかしいよ……」

「リアム、すみません。神秘云々《うんぬん》の話なら、私もちょっとよくわからないです……」

「Why not……!」

「Ｗｈｙって言われても」

「澪ちゃんどうしよう、また夜がきてしまう……。もう一度慰霊碑にお祈りしてこようかな……」

「伊原さん、慰霊碑に縋《すが》るのは本当にやめてください……。危険ですから」

「霊を慰めると書いて慰霊碑なのに、なんで危険なの」

テントでの会話は、いつもに輪をかけて混沌《こんとん》としていた。

けれど、不安ともどかしさが拭いきれないでいた澪は、この妙な明るさに少し救われていた。

しかし、伊原は心底うんざりしたように天を仰ぐ。

「ってかさ、ただ視えるだけで追い払えないって、最悪でしょ……。ねえ、真面目になんかいい方法ないかな。また出るんじゃないかと思ったら眠れないし、このままじゃ俺の精神がもたないよ……」

確かに、伊原は少し気の毒だった。リアムに帰る気は皆無だし、基本的には図太く適当な伊原ですら、こんな日々が続けばさすがに憔悴《しょうすい》してしまうだろう。

「いい方法、ですか……」

「あの、結界？　みたいなやつ、あるじゃん！　次郎くんに頼んでよ……！」

「でも結界を張っちゃうと――」

霊が寄り付けず、撮影の機会を逃してしまうとはさすがに言えなかった。

けれど、結界の話題が出た瞬間、澪はふと閃《ひらめ》く。

「そうだ……、伊原さんはこれを持っててください」

澪がポケットから取り出したのは、持ち歩くように言われているお札。

伊原は受け取ると、目を輝かせる。

「これ持ってると安全なの？」

「結界とは違いますけど、持ってると霊障の影響をさほど受けませんし、安全だと思います」

「なんか難しいこと言ってるけど、視えなくなるってわけじゃないのね……。まあ、安全を確保できるなら贅沢《ぜいたく》言えないか……」

伊原は少し不満げだったけれど、お札を丁寧に胸ポケットに仕舞った。

澪はみずなぎ荘へ戻るため、立ち上がる。

「ミオ、もう戻るの？　ここで精霊に会って行けばいいのに」

「ありがとうございます。でも、私の役割は主に霊を誘い出すことなので、戻らなきゃ」

「そっか。ミオの役割は第六にとってとても重要だろうし、仕方ないね」

「……そんなこと」

重要な役割という言葉に荷の重さを覚えながら、澪は無理やり笑みを浮かべた。

そして、弱音を吐いてしまいそうな自分を奮い立たせる。

「じゃ、あまり無茶しないでくださいね。伊原さん、飲みすぎにはご注意を」

「酒だけが癒しなのに、口うるさい嫁みたいなこと言わないでよ」

「嫁どころか彼女もいないくせに」

「言うね」

伊原の不満げな表情とリアムの笑い声を背に、澪はテントを後にした。

空は曇っていて月明かりは届かず、周囲は昨日以上に濃密な暗闇に包まれている。

目線の先では、みずなぎ荘から届く灯《あか》りがワタリドリの小道をかすかに照らしていて、澪はそれを頼りに砂の上を歩いた。

海からは、規則的に打ち寄せる波の音が響く。

いつもなら癒しの音のはずが、夜はやはり不気味だった。

ふと頭を過《よぎ》るのは、ついさっきリアムが言った、「ミオの役割は第六にとってとても重要」という言葉。

以前なら、そんなものはいらないと、いっそ手放してしまいたいとすら思っていた自分の能力が、いざ発揮できないとなると不安でたまらない。

「……もう、考えるのやめよ」

澪は、悩みを振り払うかのように、歩調を速める。――けれど、そのとき。

突如、左足になにかが絡まり、バランスを崩して砂に膝《ひざ》をついた。

「いっ……」

どうせ打ち上げられた海藻かゴミだろうと、澪は溜め息をつきながら左足を確認する。――けれど。

足首を見た途端、澪の頭の中は真っ白になった。

絡まっていたのは、砂がまとわりついた、黒いベルト状のなにか。そして、そこからだらりと伸びる、細い紐《ひも》。

――これ、って……。

リーシュコードだ、と。そう理解した瞬間、背筋がゾクリと冷えた。

これがいったいどういうことなのか、その答えは、たちまち冷えていく周囲の空気が嫌という程物語っている。

みるみる速くなっていく鼓動が、ここは危険だと訴えていた。

澪は恐る恐る、リーシュコードが巻かれた足を引き寄せる。――しかし。

突如、強い力でコードを引っ張られ、澪は地面に激しく体を打ち付けた。

「……っ」

全身を突き抜けるような痛みが走り、声にならない悲鳴が漏れる。そして、澪の体は抵抗も叶《かな》わないまま、尋常でない力で勢いよく砂の上を引きずられた。なんとか視線を彷徨《さまよ》わせても、足元に人影はない。少なくとも、人の仕業でないことだけは確かで、込み上げる恐怖に全身が震える。

「はな……して……！」

必死に声を絞り出しても、とても聞き入れてもらえるとは思えなかった。

澪はずいぶん長い距離を、まるで物のように引きずられ、――やがて、体に水飛沫《しぶき》がかかった瞬間、全身がゾクリと冷えた。

気付けば、波打ち際はもう目と鼻の先で、暗闇の中、押し寄せる波が白く浮かびあがって見える。

海の中へ引き込む気だ、と。

最悪な予想が過った瞬間、頭の中が真っ白になった。

「たす、けて……！」

必死の叫びも、波の音にかき消される。

やがて、押し寄せる波が両足に届き、心臓がドクンと大きく鼓動を打った。

「やめ……、はな、して……」

このまま海に引き込まれたらどうなるかなんて、考えるまでもない。澪は無我夢中で上半身を起こし、足首から伸びるコードを摑《つか》んだ。

そして、それを思いきり引き寄せた――けれど。予想していた抵抗はなく、あっさりとコードの切れ端が露《あら》わになる。

どういうことか理解ができず、澪は茫然《ぼうぜん》としたまま、押し寄せる波を何度かやり過ごした。

――解放、された……？

ただ、周囲の空気はいまだ氷のように冷たく、とても楽観視する気にはなれない。とにかくここを離れなければと、澪は震える足に力を入れる。――しかし、押し寄せた波が澪の両足を覆った、そのとき。

ふたたび、足首に触れる奇妙な感触を覚えた。

たちまち込み上げる、嫌な予感。

その感触は、リーシュコードのような無機質なものではなかった。確実に意志を持ち、じわじわと澪の足首を締め付けている。

澪は、その正体を知るのが怖いと思った。

しかし、無情にも澪の両足を隠していた波は引き、——露わになったのは、澪の足首をがっちりと掴む、黒い塊。——それが、おそらく、人の手であると、認識するまでにはしばらく時間が必要だった。

なぜなら、それは通常の倍くらいに膨らみ、もはや原形を留《とど》めていない。表面にびっしりと浮かんだ青い血管と朽ちかけた爪を見ていなければ、おそらくわからなかっただろう。

さらに、露出しているのは肘《ひじ》から先だけで、体は砂に埋もれているらしい。しかし、手のすぐ近くで、波に弄《もてあそ》ばれて漂う一束の髪の毛が見えた。

「っ……」

あまりに悲惨なその姿に、嗚咽《おえつ》が込み上げる。

海で打ち上げられた遺体は、遺族には耐えがたい状態になっていることが多いと、澪は過去に聞いたことがあった。

恐怖に震えながらも、無性に悲しくて苦しい。感情が制御できず、胸が押しつぶされそうだった。

しかし、今の澪には、同情している余裕なんてない。考えている間にも、澪の体は抵抗の余地なく濡《ぬ》れた砂の上を引きずられ、ついに波が腰まで届く。

「お願い……、はな、して……」

渾身《こんしん》の力を込めてもビクともせず、もはや、意識を保つだけで精一杯だった。

「──マ、メ……！」

無意識に口にしたのは、いつもならば必ず傍にいてくれるはずの存在。

けれど、今は気配すらない。

どうして、と。悲しんでいる余裕なんてないはずなのに、寂しさで目の奥がじわりと熱くなる。

そのとき、突如ひときわ大きな波が押し寄せ、澪の全身を覆った。

澪はたちまちパニックに陥り、酸素を求めて開いた口には海水が流れ込む。

海水を飲んだ瞬間、意識がふっと遠退いた。それはギリギリで保っていた澪の心が、脆《もろ》くも折れた瞬間だった。──しかし。

「──澪ちゃん……！」

突如響いた、聞き馴染《なじ》みのある声。同時に、後ろから両腕を掴まれる感触。

消えかけた意識が、ギリギリで留まる。やがて、澪の体は抱え上げられ、乾いた砂の上へ降ろされた。

激しく咳《せ》き込むと、大きな手で背中を摩《さす》られる。──そして。

「どういうことだよ……！　なんであんな浅いとこで溺《おぼ》れてんの……!?」

響いたのは、酷《ひど》く動揺した声。――伊原だ。

伊原が気付いて助けてくれたのだと、澪は砂の上にぐったりと倒れ込みながら、状況を理解した。

「ミオ……！」

やがてリアムの声も響き、体をブランケットで覆われる。

冷え切った体がふわりと柔らかい感触に包まれ、澪は、助かったのだと実感した。

安心感からか、目にじわりと涙が浮かぶ。

「ミオ、大丈夫？　なにがあったの？」

「とても会話できる状態じゃなさそうだから、とりあえず次郎くん呼んで」

「そ、そうだね、わかった」

リアムの気配が遠退くと、伊原はあぐらをかいて澪の頭を膝に乗せ、タオルで顔の砂を拭《ぬぐ》ってくれた。

ようやく少し落ち着きを取り戻すと、澪を見下ろす伊原の表情もわずかに緩む。

「……あ、俺の仕業じゃないってリアムに事前に言っといてもらうべきだったな……。次郎くん、君のことになると超怖いから」

口調は冗談めかしているけれど、声はいつになく優しい。

澪は止まらない涙を手の甲で拭う。

「ありがとう、ございます……」

「……やめてよ、君らしくない。むしろ、もっと早く来いって文句言うところだ。……ってかさ、正直、あまり知りたくはないんだけど……、霊に襲われたの？」

伊原からの問いかけに、澪は足首を摑んでいた手を思い出し、背筋がゾクッと冷えた。

ゆっくりと頷《うなず》くと、伊原は絶望的な表情を浮かべる。

「マジか……。めちゃくちゃ狂暴じゃん……」

「マメも……、いな、くて……」

必死にマメの名を呼んだときの不安を思い出すと、ふたたび涙が溢《あふ》れた。

マメはもう助けてくれないのだと、そう思うと胸が苦しくてたまらない。――けれど。

「君の番犬の？……え、いなかったの？……でも俺、犬の鳴き声が聞こえたから出てきたんだけど」

思わぬ言葉に、澪は目を見開いた。

「え……？　どういう……」

「そうじゃなきゃ、気付けるわけないよ。……本当に忠犬だよね。あれで幽霊犬じゃなきゃ、俺も欲し――」

伊原が言い終えないうちに、澪はガバッと上半身を起こして辺りを見回す。

けれど、マメの姿はどこにもなかった。

いてもたってもいられず、立ち上がろうとすると、伊原が慌てて腕を摑む。

「こらこら。あんた溺れて死にかけたんだから、今は大人しくしてなさい」

「でも、マメを捜さなきゃ……」

「俺も声を聞いた気がしただけで、姿は見てないよ。なに？　もしかして、家出中？」

「……っ」

思わずポロッと大粒の涙を零《こぼ》した澪に、伊原はオロオロと目を泳がせた。

「ちょっ……、マジだった？　ごめんって。全犬が狂喜乱舞する高級な餌を探しておくからそれ以上泣かないで……！　次郎くんに見られたら俺が泣かしたみた――」

「――澪！」

次郎の声が響いたのと、伊原が肩をビクッと震わせたのは同時だった。

澪が視線を上げると、駆け寄って来た次郎が澪の前に膝《ひざ》をつく。

「……次郎さん」

名前を呼ぶと、次郎はほっと息をついた。

「怪我は？」

「……ないと、思います……」

澪は、いまだ痺《しび》れの取れない足首にそっと触れる。幸い、骨や筋を痛めたような痛みはない。

しかし、――次郎が懐中電灯で足首を照らした瞬間、澪は息を呑《の》んだ。

足首に、くっきりと手の痕《あと》が残っていたからだ。

それは、以前高木から見せてもらった、この海で事故に遭った元プロサーファーの写真とよく似ていた。

恐怖で声も出せない澪の肩に、次郎がそっと触れる。

「隆也か……？」

「顔は見ていません……。けど、最初はリーシュコードが、私の足に……」

頭を過《よぎ》るのは、イカルの間で見た隆也のサーフボード。それには、切れたリーシュコードが付いたままだった。

その共通点から、隆也である可能性は否定できない。

「わかった。とにかく一旦《いったん》戻る。歩けるか？」

「……はい」

次郎はそう言うと、澪の手を引きゆっくりと立ち上がらせた。

澪は、不安げに様子を窺《うかが》う伊原にぺこりと頭を下げる。

「伊原さん、助けてくれてありがとうございました……」

「いや……、無事でよかったよ……」

そして、澪は次郎に支えられながら、みずなぎ荘に向かった。

途中、正面から響く足音にふと顔を上げると、心配そうに駆け寄ってくるリアムと目が合う。

「ミオ！　よかった……。大変な目に遭ったね……」

「心配かけてすみません……」

「怖かったよね、ゆっくり休んで。……それにしても、ジローは足が速すぎて、全然追いつけなかったよ」

リアムは肩をすくめ、苦笑いを浮かべた。おそらく、澪をリラックスさせてくれようとしているのだろう。

澪が笑みを浮かべると、リアムはほっと息をついた。

「元気になったら顔を見せてね」

「はい。ありがとうございます」

テントへ戻って行くリアムを見送ると、次郎がふたたび歩きはじめる。

次郎は、ずっと黙っていた。

こんなことが起きた以上、次郎はお札を持っていなかったことを見抜いているだろうし、怒っているのかもしれないと、澪は思う。

伊原が気の毒だったからとか、警戒を欠いていたとか、頭に言い訳を並べてみたものの、結局、口には出さなかった。

なにかが起こってほしいと、隆也と接触したいという焦りがあったことは、事実だからだ。

やがて、みずなぎ荘に着くと、晃が玄関で出迎えてくれた。

晃はずぶ濡《ぬ》れの澪を見て、目を見開く。

「澪ちゃん……！」

「ごめんね、心配かけて……」

「謝んなくていいから、とりあえずお風呂《ふろ》に入っておいでよ。着替えは、バッグごと廊下に置いておくね」

澪は頷き、そのまま浴室へ向かった。

服を洗濯機に突っ込み、頭からシャワーを浴びると、体にまとわりついた砂が洗い流され、気持ちがようやく落ち着きはじめる。

しかし、見下ろせば、足首には今もくっきり残る手の痕。

酷《ひど》い疲労感のせいか、恐怖は曖昧《あいまい》だった。

けれど、そのぶん、不安と寂しさが膨らんでいた。

「マメ……？」

名前を呼んでも、その姿はない。こういうとき、いかにマメの存在が支えになっていたかを、改めて実感する。

唯一の希望は、声を聞いたという伊原の言葉。

マメは、きっと澪の傍にいたのだろう。なのに、現れてはくれなかった。

マメにいったいなにが起こっているのか、考え始めると胸が苦しい。

もし、マメが浮かばれようとしているのなら、それは喜ぶべきことだ。けれど、澪にはまだ、マメがいない日々を送る覚悟ができなかった。

拠点に戻ると、映像を確認していた次郎と晃と高木から、一斉に視線を向けられた。

「澪ちゃん、今日はもう休んでなよ……」

心底心配した様子でそう言ってくれる高木に、澪は首を横に振る。

「いえ……、大丈夫です。……それより、さっきの海でのこと、映ってましたか……？」

モニターが映し出していたのは、リアムのテントの近くに設置したカメラの映像。

澪が尋ねると、晃は小さく溜《た》め息をつく。

「うーん……、残念ながら、どのカメラも遠いし、ちょっとずれてるんだよなぁ……。カメラをもう少し海に寄せて置いた方がよかったかも……」

晃が映像を巻き戻すと、澪がテントから出てくるところが映し出された。

けれど、澪はすぐにフレームアウトし、それ以降のことは記録されていない。

澪が襲われた現場はテントと失踪《しっそう》現場の中間あたりで、どのカメラからも死角だった。

「……海にカメラを増やした方がよさそうだが……、足りないな」

「だよねー。ってか、どこに出るかアタリも付けられないからさ……」

「……現時点では、絞り込むのは難しいな」

次郎が頭を抱え、部屋は静かになった。

普段の調査なら、カメラの設置場所は徐々に絞り込まれていくものだが、今回は、むしろ候補が増える一方だった。カメラの画角は知れているし、すべてを記録しようと思えば何台あっても足りない。

「それにしても……、今日のことは、さすがに危険だね……。正直、昨晩現れたときは、そこまでやばいと思わなかったな……」

ふいにそう呟《つぶや》いたのは、高木。

高木は澪の足首に視線を向け、心配そうに眉《まゆ》を顰《ひそ》める。

すると、晃も高木に同調した。

「そういえば、リアムは精霊のようだったなんて言ってたよね。……澪ちゃんなんて、一歩間違えたら取り返しのつかないことになってたのに」

「そもそも精霊という表現がズレすぎだと思うよ……。なんらかの無念を抱えて、この世に留《とど》まってるんだろうし……」

「だとしても、だよ。澪ちゃん、もしかしてなにか怒らせるようなことした？　サーファーが嫌がるような……、って、全然思い付かないけど」

「心当たりは、なにも……」

「ま、そうだよね」

晃が肩をすくめ、部屋はふたたび静まり返る。

すると、次郎が口を開いた。

「考えても仕方ない。……とりあえず、今夜はカメラの位置を動かさずにこのまま様子を見る」

「そだね。……テントの二人がまたなにか視てくれることに期待」

「澪、詳しい話は明日《あした》聞くから、お前はもう部屋に戻れ」

「はい……」

澪は頷《うなず》き、立ち上がる。しかし、拠点を出ようとした瞬間、ふいに手首を掴《つか》まれた。

驚いて振り返ると、次郎が真剣な表情で、澪の手にお札を掴ませる。

「今日はこれを身に付けて寝ろ」

「え……？　でも」

「いいから」

有無を言わせない雰囲気に、澪はお札を受け取った。次郎はおそらく、あんなことがあった後だからと、今夜の澪の役割を免除してくれたのだろう。

ただ、澪にとって、その気遣いは少し複雑だった。

考えすぎだとわかっているけれど、まるで戦力外だと言い渡されたようで、気持ちが沈んでしまう。

澪はお札を手に、拠点を後にした。

タンチョウの間に入って布団に体を投げ出すと、全身の疲れがじわじわと解放されていく。

ただ、しんと静まり返った部屋は、あまり落ち着かなかった。

ぼんやりと天井を見つめていると、ふいに蘇《よみがえ》る、海での記憶。息ができない恐怖は、思い出しただけで体が震えた。

澪は次郎に渡されたお札を握りしめ、固く目を閉じる。

矛盾している、と。澪は自覚していた。心の中では、役に立てない不安と海での恐怖がせめぎ合っている。

今はもう、ただ恐怖に耐えていればよかった頃の自分には戻れない。

結局、澪は気持ちの落としどころを見付けられないまま眠れない夜を過ごし、ようやく眠りについたのは明け方だった。

調査三日目。

「テントの二人がまたなにか視てくれることに期待」という晃の希望は、あっさりと叶《かな》った。

澪は隣の部屋の騒がしい声で目覚め、慌てて行ってみると、そこにいたのは顔面蒼《そう》白《はく》の伊原。

眠そうな晃の肩を揺らしながら必死になにかを訴えていたけれど、澪の姿を見るやいなや、縋《すが》るように澪の腕を掴んだ。

「澪ちゃん……！　俺、絶対狙われてるって……！　昨日、目をつけられたのかも……！」

「あの……、なにが……」

「あれじゃ、まるでゾンビだ……！　でも目はギラギラしてて……、あの目、忘れられない……」

伊原はすっかり混乱した様子だった。

澪が困惑していると、晃が伊原の代わりに説明を続ける。

「夜中に目が覚めたら、テントの隙間から誰かにじっと見られてたんだって。……被害はないみたいだけど」

「また出たんだ……。そのときリアムは……？」

「寝てたらしいよ。……今、部長さんと高木くんが話を聞きに行ってるけど、リアムはむしろ残念がってるみたい」

「そっか……。とりあえず、無事でよかった……」

　ほっと息をつく澪を他所《よそ》に、晃はうんざりした様子で溜め息をつく。

「早速録画を検証したいんだけど、伊原さんが怖いからここで見るなってめちゃくちゃなこと言うんだ。澪ちゃん、このおじさんなんとかしてよ……」

「いや、本当にすごいやばい奴だったんだって……！　ランタンを点《つ》けたままだったから、はっきり視たんだ……！　全身が青黒くて、血管が浮き出て……、まるで、水死体みたいな……。ここに出る霊は絶対とんでもない恨みを抱えてる……！」

　伊原の説明に、澪は、昨晩自分の足首を掴んでいた手を思い出した。伊原の説明通りなら、澪が視た霊とよく似ている。記憶が過り、背筋がゾクッと冷えた。

　手だけでも正気でいられない程怖ろしかったのだから、伊原がパニックを起こすのは無理もない。

「伊原さん、怖いならもう東京に戻っては……」

澪は、やんわりとキャンプの中止を提案した。そもそも伊原は調査で来ているわけではないのだから、無理に居続ける必要はない。

けれど、伊原は意外にも首を横に振る。

「そりゃ帰りたいけど、リアムは俺が連れて来たのに、置いて帰れないでしょうよ……。万が一リアムになにかあったら、永遠にセレブと仕事ができなくなる……」

「……意外と冷静じゃん」

晃の突っ込みに同意しながらも、澪は少しほっとしていた。商売に対する伊原の執着は、捉《とら》えようによっては一番の強みだ。

「伊原さん、とりあえず、引き続きお札を持っていてください。そしたら一応安全ですから」

「……でも視えるんだよね？　視えなくなるお札とかないの？」

「残念ながら。……伊原さんって、私が思っていたよりずっと霊感強いみたいですし……」

「ってかさ、伊原さん、霊の顔は見た？　テントを覗《のぞ》いてたのって、この人？」

頭を抱える伊原に、晃は唐突にパソコンのディスプレイを向けた。

表示されているのは、ありし日の隆也の写真。

しかし、伊原は一瞬だけ写真を見て、首を横に振る。

「いや、わかんないって！　さっきも言ったけど、もはや人間の原形をとどめてなかったんだから……！」

「落ち着いてよ。……じゃあ他に特徴なかった？　恰好《かっこう》とか」

「体格は似てたような似てないような……。あと、ウェットスーツを着てた気がするようなしないような……」

「曖昧《あいまい》すぎ。観察してよ、そこ重要なんだから」

「君、サラッと無茶言うね……」

「ちょっと、二人ともやめてよ……」

　言い争いが始まり、澪は慌てて止めに入った。晃の気持ちもわかるけれど、今はさすがに伊原が気の毒だった。

　すると、伊原はオーバーに肩をすくめて立ち上がる。

「ほんと嫌だわ……、心霊現象に心酔するセレブもドライな天才も……。俺の味方は澪ちゃんだけだ……」

「味方……？」

「頼むから今だけは首をかしげないでほしい。……とりあえず、邪魔そうだから、俺は戻るよ……」

「私もリアムの話を聞きたいので、一緒に行きます」

澪は伊原に続いて立ち上がった。

「晃くん、行ってくるね」

「うん、よろしく。……それにしても、伊原さんを見てたら、澪ちゃんってやっぱすごい根性あるんだなーって思うよ」

「そんなこと……。私は仕事だけど伊原さんはそうじゃないから、比べるのはおかしいよ……」

「いやいや。死ぬ程怖い目に遭ったのに翌日にはフツーに仕事してるなんて、ちょっと普通じゃないよ。仕事として成立してる所以《ゆえん》を再確認した感じ」

「大袈裟《おおげさ》だよ……。……でも、ありがとう」

澪は曖昧に笑い、拠点を後にした。

そして、階段を下りながら、晃が言ってくれた言葉を頭の中で繰り返す。

おそらく、晃なりに澪を励まそうと思ってくれたのだろう。けれど、今の澪はそれを素直に受け入れることができなかった。

「……なんか、元気ないね。今もっとも絶望を感じているのはきっと俺なのに」

「すみません……」

伊原にまで察されてしまい、澪はがっくりと肩を落とす。すると、伊原は澪の背中をぽんと叩《たた》いた。

「澪ちゃんといえば、猪突猛進《ちょとつもうしん》で無謀でちょっとバ……いや、勢いと元気だけが取り柄なのに、暗いと唯一の個性が失われるよ」

「……そんなこと言うなら、お金に対する異常なまでの執着も、伊原さんの唯一の個性ですよね」

「それはむしろ光栄だね。俺は、そのお陰で食えてるんだから。ってか、さっきのは誉め言葉と受け取ってもらえなかったみたいだけど、君だってそうでしょ」

「…………」

確かに、と。不本意にも納得してしまって、澪は口を噤《つぐ》む。これまで、無謀さと勢いだけで成り立ってきたと言っても過言ではない。

すると、伊原は困ったように笑った。

「なんでヘコんでるのか知らないけど、早く浮上してよ。俺は君との口喧嘩《げんか》が嫌いじゃないのに、手応《てごた》えがなさすぎてクソつまんないわ」

「口喧嘩をしてるつもりはありませんが……」

「にしては、いつもなかなかの切れ味だけど。……ってか、あと何日続くんだろうねえ、この恐怖キャンプ」

伊原が天を仰ぐ姿がやけに演技じみていて、澪は思わず笑ってしまった。

「……伊原さんって基本的にふざけてるから、本気で怖がってるように見えませんね」

「いきなり切れ味戻ってんじゃん。ふざけてるつもりはないんだけど、思えば小学生の頃から先生にそれを指摘されてたなぁ。俺、人をイライラさせる才能があるのかも」

「でも、べつに直す気はないんでしょ？　それもある意味個性ですし」

「まーね。でもさー、今回みたいに超怖い霊に出てこられると考えものだよね。だってあの霊、リアムにはやけに優しいじゃん。かたや、俺に対しては手厳しすぎる。俺の個性は霊までイライラさせるのかね……」

そう言われ、澪はふと、海で起こったことを順番に思い返す。

確かに、リアムが精霊だと表現した、初日に録画された隆也の映像からは、悪意は感じられなかった。かたや、昨日は澪を海に引きずり込もうとしたし、伊原も怖ろしい姿を目撃している。

「まあ、リアムならどんなに怖い目に遭っても精霊だって言うでしょうけど……」

「いや、明らかに差別されてるって。現に、昨晩もリアムはぐっすり寝てたし。ここに出る霊ってガチのサーファーなんだっけ？　俺が丘サーファーだった過去を見抜いてキレてんのかも」

「……私は丘サーファーじゃないですから。それに、霊にも感情の起伏があるっていうか……、常に一定じゃないので、たまたまだと……」

「だとしても、さすがに情緒不安定すぎでしょ」

澪は黙って考え込む。伊原が口にした情緒不安定という表現は、言い得て妙だった。

やけに静かなときと、憎悪を剥《む》き出しにするときとの差があまりに激しい。

「ってかさ、普通に考えて、他にも霊がいるんじゃないの？　やばい奴やらやばくない奴やらが、いろいろ」

「……それも、考えてはいましたけど……」

伊原がそう思うのはもっともだが、この付近の海で亡くなった人は、過去を遡《さかのぼ》っても隆也の他にいない。それが、どうしても引っかかってしまう。

澪は悩みながら、ワタリドリの小道を抜けた。

しかし、テントに目を向けると次郎と高木の姿が見え、一旦《いったん》考えるのを止める。

「次郎さん、高木さん……」

「ちょうどよかった。……澪、これを見てくれ」

次郎は澪に気付くと、テントの周囲を指差した。

見れば、砂の上にはいくつもの足跡が残っていた。おそらく、そのほとんどは伊原やリアムのものだろう。――けれど、その中に、奇妙なものも交ざっていた。

それは海から蛇行しながらテントまで続く足跡。

「この足跡は、海から続いてる」

「海からですか……？」

「……おそらく、昨日伊原が視た霊のものだろうな。……ただ、気になるのはそっちじゃない」

次郎はそう言うと、足跡のすぐ横を指す。

そこにあったのは、足跡に並行するように砂に残された、なにかを引きずったような細い跡。澪は首をかしげる。

「この跡は……？」

「おそらく、サーフボードだ」

ふいに、澪の心臓がドクンと大きく鼓動した。

確かにその跡は、脇に抱えたサーフボードが地面に擦れて付いたように見える。澪の頭には、初日の夜に録画されていた、サーフボードを抱えて歩く隆也の姿が過《よぎ》った。

「なら、この足跡の主って……」

ついさっき、別の霊の可能性が過ったばかりだが、やはり、隆也だと考える方が自然に思えた。

次郎は静かに頷《うなず》く。

「ひとまず戻って映像を確認する」

「そうですね……」

澪は頷き、次郎の後に続いた。

すると、高木が横に並ぶ。

「澪ちゃん、大丈夫？」

「はい、大丈夫です」

「……あまり無理しないでね」

なんだか見透かされているような気がして、澪は曖昧《あいまい》に笑った。

その後、拠点に戻って映像を確認してみたものの、結果から言えば、収獲はほとんど得られなかった。

というのも、テントを撮影したカメラは、強い霊障のせいか画面に激しいノイズが入り、プツリと途切れていたからだ。

他の録画も一通り確認したものの、怪しい影ひとつ記録されておらず、調査三日目はもどかしいままあっさりと終了した。

さらに、四日目。

その日も、唯一の収獲は、夜中に視たというリアムの証言のみ。撮れた映像は初日の夜のものとほとんど変わらず、リアムはまた「精霊」と表現した。

ちなみに、調査を始めて以来、澪の部屋はおろか、みずなぎ荘に仕掛けたどのカメラにも異変は記録されていない。晃からは、いっそ調査を海に集中させた方が効率的ではないかという意見が出たものの、次郎は悩みつつも首を縦には振らなかった。

調査は思うように進まず、ついに五日目。

その日はリアムたちの目撃証言すら得られず、拠点の空気はピリピリと張り詰めていた。

拠点では黙々と録画の再検証を続け、すっかり日が暮れた後、精神がすり減った澪は、もう一度リアムや伊原の目撃談を聞いてみようと、テントを訪れていた。

ビーチへ行くと、タープの下でのん気に釣りの仕掛けを作る伊原とリアムの姿が見え、一気に気が抜ける。

「伊原さん……、あんなに怖がってたのに、なんだかんだで楽しんでますね……」

「そりゃ、帰る選択肢がないんだったら開き直るしかないからね」

「……元気そうでなによりです」

「お互いさま」

澪が二人の前に腰を下ろすと、伊原が作りかけの仕掛けを澪に見せる。

「これからのんびり釣りでもして、酒のアテにしようかと」

「へぇ……、伊原さんって釣りもできるんですね」

「少しはね。ま、リアムの方が得意そうだけど。子供の頃、毎日やってたって話だし」

リアムを見ると、慣れた手つきで糸に釣り針を結びながら、澪に笑顔を向けた。

「ミオもどう？　リラックスできるし、楽しいよ」

「ありがとうございます。でも、私は一応仕事中なので……」

「リアム、澪ちゃんたちには毎晩豪華な食事が出てるんだから、自分で釣った小魚に価値なんてないよ」

「またずいぶん嫌な言い方しますね……。だいたい、小魚を釣るって決めつけないでください」

　澪が言い返すと、伊原はニヤリと笑った。いつも通りの嫌な笑みだが、その表情の奥に安堵《あんど》が滲《にじ》んでいる気がして、澪は少し戸惑う。

「……ってか……、もう五日目が終わろうとしてるっていうのに、みずなぎ荘にはなんの反応もないんですよね……」

　動揺を誤魔化すようにそう言うと、伊原は肩をすくめた。

「こっちのテントを拠点にした方がいいんじゃないの？」

「……実際、少しそういう空気になってます」

「みずなぎ荘って、ここに出る霊の実家なんだっけ？　多分その人、実家が嫌いなんでしょ」

「またそうやって適当なことを……」

「適当ってこともないよ。俺だって、妹がいなければまず近寄らない。たとえ死んだとしても、そこは変わらない自信がある」

澪はふと、伊原と両親の良好とはいえない関係を思い出した。

ただ、隆也は母親にずいぶん愛されていたようだし、兄の賢太郎とも良い関係だったと聞いている。

「隆也さんの家族関係は、悪くなかったみたいなので……。なにか訴えたいことがあるなら、最初に家族に伝えるんじゃないかと……」

「そう簡単じゃないんだって。君のように幸せな家庭で育った子には想像もできない事情があるかもしれないじゃん」

「ミツル、失礼だよ。ミオのことを知りもしないで決めつけるべきじゃない」

代わりにリアムが反論してくれて、澪は小さく溜《た》め息をつく。

ただ、実際に幸せな家庭で育っているだけに、伊原の意見も無視できなかった。

「たとえ複雑だったとしても……、彷徨《さまよ》っていても解決にならないですし……」

「それはまあ、同意。澪ちゃんから伝えといてよ。俺を怖がらせても無意味だって」

「そりゃ、できるなら伝えたいですよ。……苦しんでるなら解放してあげたいです。……私なら、聞いてあげられるのに――」

その瞬間、――ふいに、どこからともなく視線を感じた。

澪が咄嗟《とっさ》に周囲を見回すと、リアムや伊原も同時に視線を彷徨わせる。どうやら、二人も同じ感覚を覚えたらしい。

「……今、誰か見てた気しない？」

「ミツルや澪も感じたの？」

「かすかにですけど……」

「ミオの優しさに感動して、精霊が寄ってきちゃったのかも」

「相変わらず頭に花が咲いてるなぁ」

三人同時に反応した以上気のせいだとも思えず、澪は周囲の気配に集中する。けれど、それ以降はなにも起こらなかった。

「さっきの、なんだったんでしょうか……」

「案外、リアムが正解だったりして。……自分なら聞いてあげられるなんて言って、目を付けられてたらどうすんの。君、死にかけたばかりなのに」

伊原からそう言われ、澪は海に引き込まれそうになった怖ろしい出来事を思い出す。

確かにあのときは、命すら危険だった。

ただ、ついさっき感じた視線からは、不穏なものを感じ取れなかった。

むしろ、あながちリアムの「精霊」という表現を否定できないくらい、静かな視線だった。

霊の情緒が不安定だという伊原の言葉を、澪は改めて思い出す。

「でも……、私、話してみたくて……」

まるでひとり言のように声が小さくなる澪に、伊原は理解できないとばかりに表情を引きつらせた。

「なんだかんだで、君が一番変人かもね。焦ってるように見えるけど、気負い過ぎはよくないよ」

「でも……、今は、少し気負いたいんです」

「……まー、ほどほどに」

呆《あき》れられているのはわかっているけれど、今の澪にとっては、引き止めることも、逆に背中を押すこともない伊原の態度がありがたかった。

澪は頷《うなず》き、立ち上がる。

「ミオ、戻るの？　もし眠れなかったら、お酒を飲みにおいで」

「リアム、ありがとうございます」

リアムに手を振り、みずなぎ荘に向かって歩きながら、澪はふと、今夜はなにかが起こるような、奇妙な予感めいたものを覚えていた。

拠点に戻ると、中では相変わらず次郎と晃が映像のチェックをしていた。

「高木さんは……？」

「賢太郎さんからもう少し話を聞きたいって言って一階に下りたんだけど、見あたらないから談話室で待ってるって連絡がきたよ」

「そう……」

考えてみれば、ここ数日、賢太郎の姿をまったく見ていない。

忙しいといっても宿泊客は澪たちのみだし、いくらなんでも不自然だった。

「やっぱ、どう考えても避けられてるよね。しかも、かなりあからさまに」

晃がそう呟いた瞬間、澪は一瞬、自分の心の声が漏れてしまったかと思った。

極端に会わなくなったのは、隆也の姿が映った映像を見せてから。避けられていることには気付いていたし、次郎にも相談したけれど、そのときの次郎は慎重だった。

「私もそう思う、けど……」

澪はチラリと次郎の様子を窺《うかが》うものの、反応はない。

晃はその様子を見てなにかを察したのか、わざとらしい程に明るい声を出した。

「ま、本気で聞こうと思えば、どうにでもなるけどね。こっちがガチで調査してるから気味悪がられてるだけかも」

「う、うん……」

澪は曖昧《あいまい》に頷き、延々と映像をチェックする晃のモニターを眺める。

映し出されているのは、ワタリドリの小道。いつもと変わりない光景を、晃は早送りや停止を繰り返しながら慎重にチェックしていた。

澪はその様子を後ろからぼんやりと眺めながら、ふと、ビーチで感じた視線のことを思い出す。

「澪、どうした」

「え……？」

ふいに声をかけられ、視線を向けると、次郎が訝《いぶか》しげな表情を浮かべていた。

「さっきから、なにを考え込んでる」

「え？　そんな、別に……。どうしてですか……？」

「……誰が見てもわかる」

そんなにわかりやすかっただろうかと、動揺からつい目が泳いだ。すると、ふいに晃が笑う。

「そうかな。僕にはわかんなかった」

やけに含みのある言い方に、次郎は不本意そうに眉根《まゆね》を寄せた。

「あ、あの、たいしたことじゃなくて、隆也さんはどうしてみずなぎ荘に出てきてくれないんだろうって考えていただけです……。伊原さんが、あまり実家に近寄りたくないんじゃないか、なんて言うから気になって……」

妙な空気を感じた澪は、咄嗟に言い繕う。

テントにいたときに感じた視線を隠したことに、深い意味はなかった。ただ、普段の調査なら視線なんて些細《ささい》なことだし、期待させすぎてしまう気がして、言えなかった。

「実家に近寄りたくない、か」

「別に根拠はないんですけど……。兄弟仲が悪かったわけじゃないみたいですし……」

澪が言い淀《よど》むと、次郎は考え込む。

一方、晃はさほど気に留める様子もなく、モニターに視線を戻した。

「まーわかんないけどさ、これだけみずなぎ荘に出ないってなると、まったく執着がないか、伊原さんが言うように避けてるかのどっちかかもね。いずれにしろ、曖昧なことよりも隆也さんが確実に執着してる方に集中した方がいいと思うよ。今のところ、お父さんが気に入ったビーチと、形見のサーフボードしかないけど」

「そう、だよね……」

確かに、晃の言う通りだった。澪が頷くと、晃は次郎に視線を向ける。——そして。

「っていうわけで、そろそろ調査をビーチに集中させない？　みずなぎ荘のカメラはずっと空振りだし、無駄じゃん」

次郎に、まさかの提案をした。

「さ、さすがに全部撤去は極端じゃないかな……？」

「だけど、ビーチに死角が多すぎるよ。ビーチの方が圧倒的に出現率が高いんだから、僕は当然の配置だと思うけど」

慌てて口を挟んだものの、晃の返答にぐうの音も出ず、澪は押し黙る。

もう三日も空振りしているぶん、そろそろなにかが起こりそうだなんて曖昧なことを言える空気ではなかった。

澪は、固唾《かたず》を飲んで次郎の判断を待つ。

すると、次郎はしばらく考え、澪に視線を向けた。

「……お前はどう思う。もうここには出ないと思うか？」

意見を求められるとは思わず、澪は動揺する。

けれど、向けられた視線があまりにも真剣だったせいか、ふいに、言えないと抑え込んだはずの言葉が込み上げてきた。

「……ただの勘の話をしても、許されますか……？」

澪はなかば衝動任せに、そう口にする。

映像を操作していた晃の手が止まり、二人からの視線が刺さった。——そして。

「今さらなにを遠慮してるのか知らないが、勘だろうが妄想だろうが、思ったことは言え。……それに、お前の勘を軽く考えたことはない」

はっきりとそう言い切られ、なぜだか心がぎゅっと震えた。

「私は……、まだ、現れる気がしていて……」

するりと口から出る、あまりに曖昧な予感。――しかし。

「溝口。もう少し、こっちのカメラは残す」

次郎はあっさりとそう言い、晃にそう指示した。

「……そう？　ならまあ、了解」

こうも簡単に信じてくれるなんて思いもせず、澪は言葉が出なかった。

すると、晃が少し気まずそうな表情を浮かべ、突然、澪に小さな飴玉《あめだま》を放り投げる。

「えっと……？」

「……あまりに収穫がないから、ちょっとイライラしてたかも。発言し辛《づら》い空気を醸し出してたなら、ごめんね」

「え？　違うよ、そうじゃなくて……！」

「違うならいいよ」

普段どこか本音の見えない晃の表情が、少し暗い。わかっていたつもりだったけれど、晃もこの調査に真剣なのだと改めて実感する。

澪は飴玉をぎゅっと握り、晃の傍に立った。

「……どしたの」

「あの、ありがとう……」

「飴？　別にいいよ、いっぱいあるから」

「それもだけど、……いつもありがとう。私も頑張るね」

「……ほんとに、どしたの」

澪はポカンとする晃に一方的にそう宣言し、背を向けた。――そして。

「私、隣の部屋にいます」

そう言い残し、拠点を後にした。

伊原に宣言した気負いたいという気持ちは、いつもよりも余裕のない晃の様子に、さらに刺激された。

意見を通してもらったぶんプレッシャーもあったけれど、もはやそれを避けてばかりはいられない。

澪はタンチョウの間に戻ると、ひとまず深呼吸をした。

部屋の雰囲気は、いたっていつも通りだ。現れてくれる気がする、なんて口にしたものの、自信なんてない。

澪は布団の上に寝転がり、ゆっくりと目を閉じた。

「隆也さんは、なにを抱えてるんですか……？」

隆也に宛てたひとり言が、静かな部屋に響く。

もちろん、なんの反応もない。霊が自分の都合でどうにかなるものではないことくらい、さすがに理解していた。心の奥の方に、ふたたび焦りが広がりはじめる。

こういうときは、マメを撫《な》でていれば気持ちが落ち着くのに、と。なるべく考えないようにしていた寂しさが込み上げ、澪は慌てて首を横に振った。

——お風呂《ふろ》に入ってスッキリしよう……。

一旦《いったん》頭を切り替えようと、澪はゆっくりと上半身を起こす。——しかし。そのとき。

突如、激しい頭痛に襲われた。

あまりの痛みに力が入らず、澪はふたたび布団の上に体を投げ出す。

しかし、痛みは治まるどころかどんどん増していく一方だった。

頭痛の薬は持っているけれど、あまりの痛みに、バッグまで取りに行くことすら辛い。

——少し、寝よう……。

澪は薬を諦《あきら》め、布団に潜り込む。最近は疲れが溜《た》まっているし、しばらく寝れば治るだろうと。

そこから意識を手放すまでは、あっという間だった。

目覚めたのは、夜中の一時半。

部屋の照明は点《つ》いたままで、澪は眩《まぶ》しさに目を細めながら、まるで気絶するように眠ってしまったことを思い出した。

携帯を確認すると、昨晩の十一時半頃、晃から「リアムたちと呑《の》んでるけど、もう寝ちゃった？」というメッセージが届いていた。

無視してしまったことを申し訳なく思いながら、澪はゆっくりと体を起こす。酷《ひど》い頭痛は、すっかり回復していた。

——晃くん、まだビーチにいるのかな……。

澪は、ビーチの方を確認してみようと、立ち上がって窓に手をかける。——しかし、そのとき。

突如、廊下の方から、ミシ、と床板がきしむ音が響いた。

それは、気のせいとも取れるくらいのかすかな音だった。なのに、体がなにかを予感しているかのように、鼓動がみるみる速くなっていく。

誰かがいる、と。

この不思議な感覚を、澪はこれまでに何度も経験していた。

耳を澄ますと、ふたたび廊下から、ミシ、ミシ、と、さっきと同じ音が連続で響く。

おそらく、誰かの足音だろう。同時に、奇妙な気配も感じる。ただ、——その気配が人のものではないと、澪は感覚でわかっていた。

込み上げる緊張で、全身が強張《こわば》る。けれど、なぜだか、怖くはなかった。

今日は、精霊の方だ、と。まるでリアムのような感想が浮かぶ。

ずいぶんのん気な表現だと思っていたけれど、辺りに漂う気配はそれ以外に表現しようがなかった。

澪はゆっくりと部屋の戸まで歩き、一度呼吸を整える。

取っ手に手をかけると、それはキンと冷えていて、澪の緊張を煽《あお》った。恐る恐る戸を開くと、隙間から流れ込むひんやりとした空気に肌が粟立《あわだ》つ。

澪は意を決して戸口の隙間を押し広げ、ひとまず廊下の左側を確認した。

しかし、そこにはなんの気配もなく、しんと静まり返っている。

澪は続けてイカルの間がある右側に視線を向け、――思わず息を呑んだ。

――戸が、開いてる……。

イカルの間の戸は、わずかに開いていた。

澪は震える指先をぎゅっと握り込み、イカルの間の方へとゆっくり足を進めた。

戸が迫るにつれ、空気がずっしりと重みを増す。

やがて、イカルの間の前に立つと、隙間からそっと中を覗《のぞ》き込んだ。――瞬間、妙な違和感が頭を過《よぎ》る。

部屋の中の様子が、次郎と入ったつい数日前とは、明らかに違っていた。

まず、正面に立てかけられていたはずのサーフボードがない。

それだけでなく、家具の配置も、むしろ部屋の構造自体が違っているように思えた。

——ここ、もしかして……。

ふと思い至ったのは、ここはイカルの間ではなく、——改装する前の、隆也の部屋なのではないかという予想。

現に、部屋を見回せば、客室にはないはずのベッドが置かれている。

つまり、これは誰かの記憶の中にある光景なのだと、澪は確信した。ということは、澪にこれを見せようとしている誰かが存在しているはずだ。

思い当たる人物は、もちろん一人しかいない。

——隆也さん……。

心の中で名を呼ぶと、——ふいに、背後からかすかに気配を感じた。

しかし、振り返ってみても、そこに人影はない。

その代わり、階段の方から、ミシ、と足音が響いた。まるで誘われているような気がして、澪はイカルの間を後にする。

廊下を進んで階段を見下ろすと、ほんの一瞬、玄関の方へ向かう誰かの後ろ姿が視えた気がした。

澪はゴクリと固唾を呑み、階段に足を踏み出す。怖くないと言うと嘘になるけれど、もはや立ち止まるわけにはいかなかった。

ふと頭を過るのは、昨晩ビーチで感じた視線。まるで、「私なら、聞いてあげられるのに」という澪の呟《つぶや》きに答えるかのようなタイミングだった。

もしかして、試されているのかもしれない、と。そんな気持ちが、澪を突き動かす。

階段を下りると、一階の様子も見慣れたものとは少し違っていた。おそらく、改装前の光景なのだろう。

澪は玄関まで足を進め、ゆっくりと戸を開ける。

すると、――ワタリドリの小道に、誰かの後ろ姿が見えた。

日に焼けた肌に、金髪に近い長髪。脇には、白いラインの入ったオレンジのサーフボードを抱えている。

――隆也さん……。

澪は隆也を追いかけ、ワタリドリの小道に足を踏み入れる。すると、突如、隆也はゆっくりと振り返り、――ふわりと優しく笑った。

――え……？

考えもしなかった展開に、澪の頭は真っ白になる。

隆也の笑顔はどの写真のものとも違っていて、幸せに満ち溢《あふ》れていた。澪は放心したまま、その表情を茫然《ぼうぜん》と眺める。すると、隆也はゆっくりと手を差し出した。

澪は一瞬身構えたけれど、よく見れば、隆也の視線は澪からわずかに外れている。

視線の先を追って恐る恐る振り返ると、澪のすぐ後ろに立っていたのは、とても綺麗《きれい》な女性。彼女もまた、隆也に向かって微笑んでいた。

それは、明らかに、恋人同士が醸し出す雰囲気だった。

「SURF's UP」の広尾は隆也の恋愛事情をほとんど知らないと言っていたけれど、二人の間に通う空気は、明らかに特別だった。

しかし、――そのとき。突如、女性の微笑みに、ほんのわずかに影が落ちる。

それは、笑っているのに泣いているような、不思議な表情だった。

隆也はその小さな変化に反応することなく、ふたたび背を向け海に向かう。

女性はその場に佇《たたず》んだまま、ゆっくりと俯《うつむ》いた。

やがて、澪の意識が徐々に曖昧《あいまい》になる。

おそらく、意識が戻るのだろう。何度も経験している澪は、抗《あらが》うことなくゆっくりと目を閉じた。

ひんやりとした風に撫《な》でられ、澪は意識を取り戻した。

――ここ、どこ……。

薄く目を開け辺りを見回してみるけれど、真っ暗でよくわからない。思考はまだぼんやりとしていて、夢なのか現実なのかすらも曖昧だった。

手を動かしてみると、指先に伝わるのは砂の感触。かすかに波の音も響いていて、どうやらビーチにいるらしいと察する。

徐々に暗闇に慣れはじめた視界に映るのは、見覚えのある木製の柵《さく》。ワタリドリの小道に設置されたものだ。

つまり、澪がいるのは、ワタリドリの小道の傍。

過去のイメージの中、隆也の姿を追ってここまで来たことは覚えているけれど、どうやら現実でも同じ行動をしていたらしい。

重い体を無理やり起こすと、クラッと眩暈《めまい》を覚えた。

同時に、心の奥が、じりじりと痛みを覚える。

その理由は明確で、隆也の記憶の中で見た女性の意味深な表情が、脳裏に貼り付いたまま離れなかった。彼女が抱えた心の混沌《こんとん》が伝わってくるかのように、心が重くてたまらない。

「誰か……、マメ……」

一人でいるのがやけに辛《つら》く、無意識にマメの名を呼ぶけれど、もちろん気配はない。

心の中が、みるみる寂しさで満たされていく。澪には、抗えない勢いで込み上げるこの感情が、彼女のものなのか自分のものなのかすら判断できなかった。

「マメ、お願い……、今だけでいいから、傍にいて……」

思えば、澪になにかがあったとき、一番に駆け付けてくれるのはいつだってマメだった。名を呼ぶとさらに心細さが増し、澪は膝《ひざ》を抱えて顔を埋《うず》める。——そのとき。

「澪……！」

聞き慣れた声が響き、澪は顔を上げた。

滲《にじ》んだ視界に映るのは、駆け寄ってくる次郎の姿。

「次郎、さん……」

「怪我は」

首を横に振ると、次郎は脱力するように澪の傍に膝をついた。

「夜中に突然モニターが全部落ちて、……お前を呼びに行った溝口から部屋にいないと聞いたときは、血の気が引いた」

「すみません……」

「無事ならいい。……にしても、不便だな。マメがいないと」

「…………」

さらりと言われた言葉で、堰《せき》を切ったように涙が零《こぼ》れた。

おそらく次郎は、マメのことで不安を抱える澪の心境を見抜いていたのだろう。澪の反応に驚く様子はなかった。

突如、抑え込んでいた感情が溢れ出し、澪は次郎に縋《すが》るように、服の裾《すそ》をぎゅっと握る。

「マメは……、もういなくなっちゃったんでしょうか……」

「……澪」

「こんなに急に……、なんにも言わずにですか……？」

「……わからない。ただ、もし浮かばれたなら、悲観的になることじゃないだろ」

「わかってます、けど……！」

「マメの魂が癒されたんだとしたら、お前が傍にいたからだ」

「だと、しても……」

マメは既に死んでいる。それも、とても悲しい死だった。

いつかその苦しみが癒され、浮かばれる日がきたなら、喜んであげたいと澪は思っていた。

けれど、実際に別れの可能性に直面すると、気持ちがどうしてもついていかない。

澪がふたたび顔を伏せると、次郎も砂に腰を下ろす。そして、それ以上なにも言わなかった。

やがて、少し気持ちが落ち着きはじめた頃、ふいに近寄る別の気配に、澪は顔を上げる。

現れたのは、高木と晃。二人は澪の姿を見ると、ほっと息をついた。

「澪ちゃん、よかった……。また危険な目に遭っていたらどうしようかと……」

高木の声は、かなり動揺していた。つい数日前に心配をかけたばかりなのだから、それは無理もない。

「すみませんでした……」

「怖かったよね。大丈夫……？」

澪が頷《うなず》くと、次郎が澪の体を支えて立ち上がらせる。

「夜中は冷えるから、部屋に戻るぞ。とりあえず、今日は休め」

「……次郎さん、私、さっき……、隆也さんを……」

「それは、明日でいい」

気持ちが憔悴《しょうすい》しきっている今、次郎の気遣いはとてもありがたかった。

黙って頷くと、晃が逆側を支えてくれながら、笑い声を零す。

「ってか、部長さんって嗅覚《きゅうかく》やばいよね。いつも澪ちゃんのことソッコーで見付けるんだもん。もはや、マメじゃん」

マメの名前が出た瞬間、次郎が晃にチラリと視線を向ける。

けれど、晃は意味深に笑い、さらに言葉を続けた。

「ま、さすがにマメには敵《かな》わないか。……でも、なにがあっても助けたいっていう気持ちは、マメにも劣ってないと思うよ。ちなみに、僕や高木くんも同じ」

「晃くん……」

なんて温かい言葉だろう、と。寂しさでいっぱいだった心が、じわりと温《ぬく》もる。

晃は、少し照れ臭そうに澪から目を逸《そ》らした。

「まあほら、とにかく、たとえマメが休暇中でも、番犬はいるってこと。だから、思い詰めないでね」

「ありがとう……」

三人の優しさに触れたお陰か、みずなぎ荘に着いた頃には、ずいぶん気持ちが軽くなっていた。

次郎は澪をタンチョウの間に送り、新しいお札を手渡す。

「これ持って寝てろ」

「でも……」

「焦るなって言っただろう。……それに、お前の勘は当たった。そろそろなにかが動く気がする」

次郎はそう言うと、戸を閉めた。

澪は次郎の言葉を頭の中で繰り返しながら、布団に潜り込む。

そろそろなにかが動くという言葉に、澪は少し緊張していた。確かに、今夜澪が視たものすべてに、重要な意味が含まれている気がしてならなかった。

思い出すのは、隆也の後ろ姿と、幸せそうな笑顔。そして、女性が浮かべた意味深な表情。

澪は二人のことを思い浮かべながら、ゆっくりと目を閉じる。そして、そのまま気絶するように眠りについた。


「——女性……？」

「はい。綺麗《きれい》な女性でした。隆也さんは、とても穏やかに笑っていて……、多分、恋人同士かなって……」


調査も六日目となる翌朝。

澪が三人に昨日視たものを報告すると、最初に反応したのは、澪と一緒に広尾から話を聞いた高木だった。

「隆也さんは女遊びなんて全然だったって話だし……、浅い関係じゃなさそうだよね」

高木が言う通り、広尾からは、隆也は恋愛に不器用だったと聞いている。一途《いちず》に想う相手がいたらしい、とも。

「じゃあ、もしかして隆也さんって、その女性のことでなにか思い残しがあるんじゃない？」

そう口にしたのは、晃。

わざわざ澪に過去を見せたことから、そう考えるのは自然だった。そうなると、気がかりなのは、やはり女性の表情。

「女性の表情には少し影があったというか……。なんだか意味深だったので、もしかしたら関係あるかも……。悲しい別れ方でもしたんでしょうか……」

「でも、二十年も浮かばれないくらいの思い残しって相当だよ？　いくらピュアで硬派だったとしても、恨んで人を襲う程？」

晃の言い方は極端だが、一理あった。

予想がしっくりこず、部屋は静まり返る。

すると、しばらく黙っていた次郎が突如立ち上がった。

「賢太郎に話を聞くか。……二人がここで会っていたなら、澪が見た女性を知っている可能性が高いからな。……澪、付いてこい」

「は、はい……！」

澪は、早速部屋を後にする次郎を追った。そして、一階へ下りると、談話室の方へ向かう。

ただ、そもそもここ数日というもの、賢太郎の姿をめっきり見ていないし、避けられている説が濃厚だった。

キッチンで待ち構えていれば会えるかもしれないが、時刻はまだ昼前で、夕食の支度をするにはかなり早い。

「次郎さん、賢太郎さんなら、夕食の準備の時間を狙って来た方がいいんじゃ……」

廊下を歩きながらそう言うと、次郎は人差し指を口の前に当てた。

そして、戸に手をかけながら、声を潜めて囁《ささや》く。

「いや、俺らを避けてるなら、明らかに用のないこういう時間の方が――」

次郎は言い終えないうちに、戸を開けた――瞬間、キッチンに立つ賢太郎と目が合う。

次郎が予想した通りの展開に、澪は驚き目を見開いた。

けれど、澪以上に動揺していたのは、賢太郎だった。

「ど、どうしました……？」

賢太郎は手を止め、次郎と澪を交互に見て大きく瞳《ひとみ》を揺らした。

「少し、伺いたいことが」

次郎が切り出すと、賢太郎はぴくりと眉《まゆ》を動かし、曖昧《あいまい》に笑う。そして、剝《む》きかけの野菜に再び包丁を滑らせた。

「すみません……、少し忙しくて」

「質問は、ひとつです」

やんわり断られても、次郎は怯《ひる》むことなく賢太郎をまっすぐに見つめる。

それでも賢太郎は目を合わせず、小さく溜《た》め息をついた。そして、いかにも重そうな口を開く。

「……安易に調査を受けてしまったものの……、実はここ数日、死んだ弟の過去を掘り返すことに抵抗を感じてまして……」

口ごもっていたけれど、それは、調査に協力したくないという意思表示だった。

けれど、次郎はさらに言葉を続ける。

「以前映像で見ていただいた通り、弟の隆也さんは今もこの世に留《とど》まっています。おそらく、思い残しがあるはず。調査を続けなければ、今後もこの海での事故は避けられない。……現に、新垣も危険な目に遭いましたから」

そう口にした瞬間、賢太郎は明らかに動揺を見せ、澪に視線を向けた。

「新垣さんまで……？」

「あ、……えっと、たいしたことは……」

「そんなわけあるか。危うく死ぬところだったろう」

「そんな……」

賢太郎は、苦しげに溜め息をつく。

そして、ついに包丁を置いた。

「……質問というのは、なんでしょうか」

賢太郎が作業を止めたのは、初めてだった。次郎は、まだ少し迷いが滲《にじ》む賢太郎の目をまっすぐに見つめる。――そして。

「隆也さんの恋人の存在をご存じでしたか？」

淡々と質問を投げかけた瞬間、明らかに賢太郎の顔色が変わった。

なにかある、と。澪は固唾《かたず》を飲んで答えを待つ。――しかし。賢太郎は次郎から目を逸らし、小さく首を横に振った。

「彼は女性に人気でしたし……、恋人のような女性なら何人か見たことがありますが、私は隆也とそういう深い話はしたことがなく……」

「みずなぎ荘にも連れてきていた女性です。おそらく、特別な相手かと」

「……隆也はいつも目の前の海でサーフィンをしていましたから……、ここへ連れて来ていたからといって、特別ということでも……」

「……そうですか」

賢太郎が語った内容は、広尾から聞いた隆也の恋愛事情と矛盾していた。ただ、あまりにわかりやすく動揺する様子から、賢太郎がなにかを隠していることは明らかだった。

しかし、次郎はそれ以上追及せず、会釈をするとくるりと向きを変える。

「ありがとうございました。……澪、行くぞ」

「え？　……あ、はい……」

澪は戸惑いながらも、次郎に続いて談話室を後にした。正直、あまりにあっさりと引いたことには拍子抜けだった。

すると、次郎は廊下を奥まで進み、階段の方には行かずに玄関へ向かう。

「今からサーフショップに行く」

「え？　広尾さんの店ですか……？」

「ああ」

次郎はそのまま外へ出て、車まで急いだ。澪は急な展開に戸惑いながらも、ひとまず助手席に乗り込む。

すると、次郎はエンジンをかけて車を発進させながら、ようやく語りはじめた。

「……サーフショップの広尾は、隆也は器用に女遊びをするようなタイプじゃないって言っていたんだろう」

「そうですね……。前にも報告しましたけど、かなり真面目だったって聞いてます。……あの、もしかして次郎さんは、広尾さんが嘘を言ってるって思ってるんですか……？」

賢太郎を追及せずに広尾の元へ向かうということは、そう考える方が自然だった。

けれど、次郎は首を横に振る。

「いや、広尾が嘘を言う理由が今のところ思い付かない」

「だったら、やっぱり賢太郎さんに聞いた方が……」

「賢太郎は、明らかに誤魔化してる。……知られたくない秘密があることは、確実だ。問い詰めたところで真実を明かすとは思えないし、むしろ信用できない情報が増えるだけだ」

「ですけど、広尾さんも隆也さんの恋愛事情はあまり知らないって……」

「それを嘘だとは思っていないが、まだ語っていない内容はあるかもしれない。……不器用で一途《いちず》だとまで表現しておいて、なにも知らないなんて俺に言わせれば不自然だ」

「それは……」

「ともかく、少しでも多く確かな情報が欲しい。……今回の件で確実に信用できる証言は、今のところ、お前が見た隆也の過去だけだ」

「………」

それは、不安ばかりの澪にとって、不意打ちの殺し文句だった。澪は脱力し、シートに背中を預ける。

「……次郎さんは……、私が視たものを、ただの夢だって思わないんですね……」

信用できるとあっさり言い切られたことは、嬉《うれ》しくもあり、不思議でもあった。澪が思わずそう尋ねると、ルームミラー越しに次郎と目が合う。

「……お前の話は、信じる」

澪の心臓が、ドクンと大きく鼓動した。

「次郎さん……」

「どんな内容でも。……もう二度と、あんな目に遭うのは御免だからな」

「あんな目……って」

聞き返しながら、澪はふと、ひとつの記憶を思い出す。それは、旧アメリアグランドホテルでリアムたちと行った心霊調査だ。

あの日、念の姿が視えたのは澪だけだった。次郎はそれを否定こそしないものの、信じてはくれなかった。

結果、念が入り込んでしまった澪は大怪我を負うことになり、次郎が帰りの車の中で見せた辛《つら》そうな表情は、今もはっきりと覚えている。

「あんなの、いつまでも気にする必要なんて……」

「ある。最低限の安全を担保するために、あらゆる可能性を考えるべきだった。……もう絶対に繰り返さない」

次郎は、あの日の怪我のことを、ずっと後悔しているのだ、と。その言葉を聞いて、澪は、密《ひそ》かに確信していた。

途端に胸が痛み、澪は慌てて首を横に振る。

「怪我の一つや二つくらい私は別に……！」

「お前の意見は関係ない」

「関係なくないですよ……！」

「そろそろ着くぞ」

ついには無視され、澪は溜め息をついた。

次郎はいつの間に道を調べたのか、「SURF's UP」へ続く脇道に車を滑り込ませる。やがて、正面に小さな建物が現れた。

数日前に来たばかりだけれど、ペンキが剝《は》げかけた木製の看板が不思議と懐かしい。

次郎は車を停めると、シートベルトを外しドアに手をかけた。

そのとき、車の音に気付いたのか、店から広尾が顔を出す。

澪が車を降りて会釈をすると、広尾はにっこりと笑って迎えてくれた。

「――疑っていたわけじゃないけれど、君らの心霊調査っていうのは本物だったんだなぁ」

店の中に通されると、次郎は挨拶《あいさつ》もそこそこに、隆也らしき姿が撮影された映像を広尾に見せた。

広尾は、ずいぶん落ち着き払った様子で映像を何度も再生させる。――すると。

「広尾さんはあまり驚かれないですね。……もしかして、この映像のことを賢太郎さんから既に聞いていましたか？」

　唐突に、次郎が予想もしなかった質問を投げかけた。広尾は面喰《めんく》らったように目を丸くし、それから可笑《おか》しそうに笑う。

「君はいかにも賢そうだが、嫌な詰め方をするね」

「僕らをあまり信用するなと言われたのでは」

「……はは、まいったな。……まあ、そんな感じかな」

　あっさりと認めた広尾に、澪は唖然《あぜん》とした。

　広尾は苦笑いを浮かべ、さらに言葉を続ける。

「この間、新垣さんたちがここに来る前もそうだよ。……そのときは彼自身もあまり深刻に考えていなかったみたいだけど、今回は、君らのことをずいぶん気味悪がっていたな」

　前に高木と訪れたとき、確かに賢太郎は事前に連絡をしてくれていた。あのときはなんの疑問も持たなかったけれど、広尾の言い方だと別の意図が感じられてならない。

　しかし、だとすると疑問もあった。

「あの……、広尾さんは、どうしてそれを私たちに教えてくれるんですか……？」

　賢太郎と話を合わせていたのなら、それを明かしてしまえば意味がない。

すると、広尾は三つのグラスにアイスコーヒーを注ぎながら、目を細めて笑った。

「私も心霊調査なんてものを聞いたことがなかったから、半信半疑だったんだが……、こんな映像を見せられたら、疑いようがない。私の望みは、隆也が浮かばれることだからね。それが叶《かな》うなら、君たちに協力したい。……賢太郎くんがどう思おうと」

「……賢太郎さんは、僕らに知られたくないことがあるんですね」

広尾の含みのある言い方に、次郎が即座に反応する。

しかし、広尾は曖昧《あいまい》に笑った。

「都会の若者はせっかちだな。……私は、あまり信用しない方がいいと言われただけだよ。……そもそも賢太郎くんとは隆也の事故以来交流がなかったし、彼が心になにかを秘めていたとしても、私には話さないだろう」

「……そうですか」

広尾の話からは、核心に触れられそうになかった。

そのとき、広尾がふと、次郎に視線を向ける。

「悪いが……もう一度、さっきの映像を見せてくれるかい？」

さっきの映像とは、隆也の姿が映り込んだ録画のことだ。次郎が頷《うなず》き携帯を渡すと、広尾はふたたびそれをじっくりと眺める。

「……やっぱり、噂の霊の正体は隆也だったのか。……心のどこかで、そうじゃなければいいのにと思っていたけれど……。彼は、こうして今も彷徨《さまよ》っているんだな。さぞかし、苦しいだろうに」

「広尾さん……」

「隆也は本来、人を傷つけるような子じゃない。苦しんでいるなら、解放してやりたいよ」

　まるでひとり言のような嘆声に、澪の心が痛んだ。

「私たちも、同じ思いです……。そのために、全力で調査してます……」

「期待してるよ。あまり役には立たないかもしれないが、協力できることはあるかい？」

　広尾がそう口にすると、次郎は頷く。

「……いくつか、質問させてもらっても？」

「もちろん」

　次郎の口調はいつもと変わらず冷静だったけれど、その目には深い同情が滲《にじ》んでいるように見えた。身近な人間が浮かばれない苦しみに、共感しているのだろう。

「まずは、念のための確認ですが……、サーフボードのリーシュコードが切れるというのは、特別不自然なことではないという認識で正しいですか？」

「隆也のサーフボードのことだね。……まあ、そうそう切れるものでもないが、消耗品だから切れないとは言えない。すでに調べているかもしれないが、あの辺りの海は、港の開発によって潮の流れが徐々に変わり、時間帯によっては岩場に流され危険だ。岩に接触すれば、リーシュもサーフボードもひとたまりもない」

「……なるほど」

おそらく、次郎が確認したかったのは、隆也の事故が作為的なものかどうか。

澪もずっと気にしていたけれど、広尾の話を聞く限り、その可能性は低いように思えた。ただ、広尾はそう言い終えた後、ふいに表情を曇らせる。

「……道具云々《うんぬん》よりも、やはり一番の問題は、あんな時間に海に入ったことだ。自暴自棄になる程悩んでいたなら、話してくれればよかったのに。……親子と変わらないくらい近い存在だと思っていたぶん、それが一番悔しい」

二十年間、広尾の喪失感や後悔が癒されることはなかったのだろう。三人の間に重い沈黙が流れる。――そのとき。

「……近いからこそ言えないこともあるらしいですよ」

突如、次郎がそう呟いた。

次郎は普段、ましてや調査中に、自分の個人的な話を口にすることなんて滅多になく、澪は驚き次郎を見つめる。

「君にも経験が……？」

「兄が失踪《しっそう》して死にました。抱え込んでいる本人には、身近だからこそ巻き込みたくないという思いがあったようですが……、こっちからすれば、余計な気遣いです。……逆に、迷惑でしかない」

最後のひと言を口にしながら、次郎は澪に視線を向けた。――正しくは、澪の傍にいるはずの、一哉に。

澪は胸が詰まる思いで、手のひらをぎゅっと握る。

すると、次郎は突如我に返ったように、首を横に振った。

「……すみません」

「いや、……君の言う通りだよ」

広尾が次郎に向ける視線は、とても優しかった。

次郎はコーヒーをひと口飲み、ゆっくりと息を吐く。

「……もうひとつ、伺いたいことが」

「もちろん」

「広尾さんは隆也さんの恋愛事情を知らないと新垣からも報告を受けてますが……、隆也さんには親密な相手がいたようです。……心当たりはないですか？」

「親密な相手……、か」

広尾は腕を組み、首をひねった。誤魔化している様子はなく、本当に心当たりがないのだろう。

ただ、澪が見た過去のイメージでは、そんなに浅い間柄には見えなかった。賢太郎よりも身近にいた広尾が知らないというのは不自然にも思える。

すると、広尾は少し意味深な表情を浮かべた。

「……隆也にとって、サーフィンがなにより最優先だったからね。プロサーファーになることを目標に、一日のほとんどをバイトかサーフィンに費やしてたといっても過言じゃない。……一途《いちず》に想う相手がいることは、雰囲気でなんとなく察していたけれど、たとえ付き合っていたとしても、彼女のための時間を作れていたとは思えないな」

「そうですか……」

広尾の言葉に不自然な点はなかった。

けれど、だとすると澪が見た女性はいったい誰だったのか、謎が深まる。

「でも……、私、見たんです。……隆也さんが、女性といるところを……」

「見た、というのは……？」

ふいに広尾が眉根《まゆね》を寄せ、澪は戸惑った。

いつもの癖で平然と口にしてしまったけれど、一般的には異常とも取られかねない発言だと。

ただ、こればかりは誤魔化しようがなく、澪は迷った挙句、覚悟を決める。

「信じてもらえるかどうかわかりませんが……、ときどき、そういうことがあるんです。亡くなった方から……、思い残しが伝わってくるというか……」

「思い残しが……？」

「感覚が鋭い新垣だけが持つ、特別な能力です」

「能力……」

広尾は明らかに困惑していて、澪は焦りを覚える。ここで怪しまれてしまうと、話が進まなくなると。──しかし。

「……不思議だね。新垣さんのようなごく普通のお嬢さんが、二十年も前にいなくなった隆也と交流できるなんて……」

広尾の反応は、想像と違っていた。

「信じてくださるんですか……？」

「いかにも苦労が多そうな能力だが、……少し羨《うらや》ましいな」

羨ましがられるとは思いもせず、澪は驚く。ただ、広尾が嘘を言っているようには見えなかった。

「苦労というか……、しょっちゅう怖い目に遭うので、嘆いたことは何度もありますけど……」

「そうだろうね。羨ましいなんて軽く言うのはよくなかったな」

「ですが、この能力を持っててよかったって、心から思えるようなこともあったので……」

澪は、ふと一哉のことを思い浮かべる。同時に、次郎からの視線を感じた。

すると、広尾は穏やかに微笑む。

「……君が視た隆也は、どんなだった？」

そう問いかける広尾の表情は、とても優しかった。

澪は、ワタリドリの小道に立つ隆也の姿を思い浮かべる。

「……精悍《せいかん》で、たくましくて……、優しそうな人だなと思いました。女性に向けた笑顔が本当に幸せそうで……。きっと、すごく好きなんだなって」

「そうか。ちなみに、新垣さんは二人の姿をどこで……？」

「みずなぎ荘です。隆也さんはワタリドリの小道に立っていて——」

みずなぎ荘と口にした瞬間、ふいに広尾の瞳《ひとみ》が揺れた。

澪は思わず言葉を止める。

「広尾さん……？」

「みずなぎ荘……」

「は、はい……。なにか変ですか……？」

「……いや……、隆也が実家に女の子を連れて行くなんて話、聞いたことがないから意外でね」

「でも、賢太郎さんに女性のことを聞いたときは、どの子かわからないって言ってましたが……」

「さすがにそんなことはない。隆也の生真面目さは賢太郎くんだって知っていたはずだし、もしみずなぎ荘に気軽に出入りするような女性がいたら、すぐにわか……」

　広尾が不自然に言葉を止めた瞬間、澪の心が小さくざわめいた。

「……心当たりがあるんですか？」

　同じことを考えていたのか、次郎が言葉の続きを急《せ》かす。

　すると、広尾は少し動揺した様子で、言葉を続けた。

「いや……、二人には、幼馴染《おさななじみ》の女の子がいたな、と」

「幼馴染……？」

「……私は隆也が出場した大会で何度か見かけたくらいで、ほとんど面識はないけれど……、唯一、兄弟両方と仲がいいっていう話だった。私は隆也の事故後に店を移転し、すっかりみずなぎ荘と縁遠くなってしまったけれど……、その子は確か、賢太郎くんと……」

「賢太郎さんと……？」

「――結婚したはずだよ」

あまりに衝撃的な言葉に、澪はしばらくなにも言えなかった。

なにかがわかりそうな、けれどもわかってしまうのが怖いような、複雑な気持ちが心に渦巻く。

すると、次郎はソファを立ち、ポケットから車の鍵《かぎ》を取り出す。

「ありがとうございました。調査が進展したら、また報告にきます。……澪、行くぞ」

「はい……！　広尾さん、また……！」

澪も広尾に会釈をし、次郎の後を追う。

そして、車に乗った瞬間、次郎はすぐに車を発進させた。

次郎がこれからなにをしようとしているのかは、聞くまでもない。おそらく、賢太郎の妻、――由里《ゆり》と、接触しようとしている。

しかし、澪の心の中には不安が広がっていた。

隆也が女性に、――おそらく由里に向けていた視線は、深い愛情に溢《あふ》れ、幼馴染に対するものとは思えない。

しかし、由里は、賢太郎の妻。

三人の間には、おそらくなんらかの複雑な事情がある。

考えようによっては物騒な想像もでき、澪の額に嫌な汗が滲《にじ》んだ。

「じ、次郎さん……、少し慎重に進めた方が……、万が一、隆也さんの件が、三角関係の縺《もつ》れで起こった事件だったんだとしたら……」

「なにを想像してる。……調査当初は半信半疑だった賢太郎が、過去を明らかにされるたびに焦り、三角関係のことまでばれ、やがて殺人もばれると思って今度は俺らに危害を加える……とかか？」

「え、ちょ……、や、やばいじゃないですか……！」

「そうだとすると、隠し通すには俺ら六人を殺して隠蔽《いんぺい》するしかないな」

淡々とそう言われると、澪は逆に冷静になった。

「……さすがに、そこまではしない、ですかね……」

「少なくとも、そこまでの秘密を隠していたなら調査を承諾するはずがない。まあ、最初は事件の可能性も過《よぎ》ったが……、だとすると、賢太郎になんの被害もないのはどう考えてもおかしい」

「確かに……。でも、だったら隆也さんの目的は……」

「……聞くしかない。幸運にも、隆也とかなり関係の深かった人間の存在が判明したんだからな」

確かにその通りだが、澪の心のざわめきは収まらなかった。

みずなぎ荘に来てはや六日。まだ、由里の姿を一度も見ていない。体調を崩しているという話だったけれど、三角関係だったという予想が浮上した今、それも事実かどうか怪しい。

やがて、みずなぎ荘に到着すると、次郎は車を降りてすぐに建物の裏側に回った。裏側には、賢太郎たちが暮らす離れがある。

戸惑いを抑えられない澪を他所《よそ》に、次郎は躊躇《ためら》いもなく離れの玄関の前まで行くと、インターフォンを押した。

ただ、もし賢太郎から調査の情報が伝わっているならば、由里が居留守を使うことも考えられた。そうでなくとも、同居する尚江が顔を出す可能性もあるし、いずれにしろ歓迎はされないだろう。

そう考えると、緊張は増すばかりだった。

しかし、――長く響いたインターフォンの余韻が消え、次郎がふたたび指を伸ばした、そのとき。

ふいに、玄関の戸の奥から人の気配を感じた。

澪はゴクリと固唾を呑む。そして、ゆっくりと開いた戸の隙間から、現れた人物を見た瞬間、心臓がドクンと跳ねた。

「……やっぱり……」

そこにいたのは、歳を重ねてはいるものの、隆也が幸せそうな視線を向けていた女性本人に間違いなかった。

なぜだか胸が詰まり、澪は言葉を失う。

「増本由里さんですか」

次郎の問いに、由里の瞳が揺れた。しかし、由里はまるで澪たちが訪ねてくることを予想していたかのように、決意の窺える表情を浮かべた。

「はい。……お二人は、隆也のことを調査してる皆さんですよね」

隆也、と。由里がその名を口にした瞬間、突如、澪の視界が滲む。

悲しいわけではないのに、まるで自分の体に他人の感情が宿ったかのように、勝手に一筋の涙が流れた。

「あの……」

戸惑う由里に、澪は慌てて首を横に振る。

けれど、自分の中で泣いているのが誰なのか、――澪には、わかっていた。そして、同時に、隆也の死は物騒な事件ではないと、肌で感じていた。

「ごめんなさい……、変なこと、言いますけど……、怒らないで、ください……」

衝動的に、言葉が溢れる。澪は、なぜだか大切なことを伝えなければならないような、使命感に駆られていた。

自分の体に同居する感情にすべてを委《ゆだ》ねると、心の中に、隆也の幸せそうな笑顔が浮かぶ。

ふらりとよろける澪の体を、次郎がそっと支えた。

「隆也さんは……、あなたのこと、すごく大切だったみたいで……」

由里が、目を見開く。

澪の心に宿る感情の主は、間違いなく隆也だった。

「すごく、すごく、大切だった、みたいで……。どうしても、伝えなきゃ、いけない気がして」

普通に考えれば、気味悪がられても当然の、異常な発言だった。

けれど、由里は逃げることも拒絶することもなく、肩を震わせながら澪を見つめる。

「どうして……」

「後悔、――しないでほしい、って……」

最後のひと言は、澪の意志ではなかった。

むしろ、澪にはその言葉の意味も、よくわからなかった。

しかし、突如、由里の目から大粒の涙が零《こぼ》れる。――そして。

「彼は……私を恨んでいないんですか……？」

苦しそうな声で、そう口にした。

その後、澪たちが通されたのは、離れのリビング。

「……夫からあなたたちの話を聞くたびに、密《ひそ》かに怯《おび》えていました。……言いにくいのですが、当初は私も夫も霊能者というものを信じきれず、それでも、吉原不動産からの紹介なら、みずなぎ荘を畳むための義母が納得するような結論を出してくれるんじゃないかって、気軽に受けたんです……」

少し落ち着きを取り戻した由里は、澪たちをソファに案内すると、最初にそう口にした。それは、概《おおむ》ね次郎の予想通りだった。

「でも……、隆也が映った映像を見たと聞いて……。本物だと思いました。とても、怖かったです。……すべてが判明したときに、隆也の本音を知ってしまう気がして……」

二十年も経つというのに、由里の表情は、まるで昨日の出来事を思い出すかのように苦しげだった。澪はとても見ていられず、震える手にそっと触れる。

「あの……、過去になにがあったのかはわかりませんけど、隆也さんは由里さんを恨んでなんていないと思います……」

すると、由里は澪の手をぎゅっと握り返し、深く俯《うつむ》いた。——そして。

「……でも、私は、彼を裏切ったので」

か細い声で、そう口にした。

「裏切った……？」

穏やかでない言葉に、澪は緊張を覚える。

すると、由里はゆっくりと顔を上げ、決意の滲む表情で澪を見つめた。

「……私は、幼い頃からずっと、隆也のことが好きだったんです」

予想していたとはいえ、本人が語る言葉はずっしりと重い。

それから、由里はぽつりぽつりと過去を語りはじめた。

「彼は昔からサーフィンに夢中で、私のことなんてほとんど相手にしてくれませんでした。……でも、そういうところにも、惹《ひ》かれていたんです——」

それは、若かりし三人の歴史だった。

由里の実家はみずなぎ荘のすぐ近くで飲食店を経営しており、家族ぐるみの付き合いがあったことから、三人は物心ついた頃から兄妹《きょうだい》のように育ったのだという。

ただ、広尾も話していたように、賢太郎と隆也は性格も趣味もまったく違っていた。やがて三人が一緒に行動することはなくなったけれど、それでも由里は二人ともと交流があったのだという。

しかし、高校生になった頃、由里はサーフィンに心酔する隆也に惹かれはじめる。

ただ、隆也がプロサーファーになることを意識しはじめたのもその頃で、恋愛に割く余裕も時間もないことをよくわかっていた由里は、気持ちを秘めたまま何年も過ごし、ようやく想いが通じたのは、二十歳の頃。

隆也もまた、深く干渉せず遠くからそっと見守る由里に惹かれていたと、不器用ながらにも想いを伝えてくれたのだという。

「——思えば、あの瞬間が一番幸せだったかもしれません。……長年の想いが報われたことで胸がいっぱいで、これ以上望むものなんてなかった。……なのに、長く付き合ううちに、望んでしまったんです。……将来のことを」

隆也のプロサーファーへの道は波乱ばかりだったと、由里は話した。技術は高くても怪我や不調続きで思うようにいかず、隆也の焦りに比例して、会う時間は減っていったらしい。

当時の隆也の収入源は、バイトのみ。たとえプロになったところで、十分な収入を得られるとは限らない。将来のことなんてとても口にできる状況ではなく、由里の不安は少しずつ膨らんでいった、その頃。

高校を卒業して以来家を出ていた賢太郎が、地元へ帰ってきた。

そして、久しぶりに再会した賢太郎は、由里に、みずなぎ荘を継ぐという決意を話した。

「学生の頃、賢太郎は将来建築家になりたいと話していました。それを学ぶために大学に行ったんですが……、お母さんが急に体調を崩したことを機に、みずなぎ荘を継ごうと決めたそうです。あっさりと大学を辞めて、民宿経営の勉強をしながらリゾートホテルで修業をし、戻ってきたんです。……大きな決意をして、いろいろな経験を積んだ賢太郎を前にして、……ただ隆也を待つばかりでなにも変わっていない自分が虚しくなって……、ある日、悩みを打ち明けました。そのときに、言ってくれたんです。隆也は、君がそうやって待ってくれているからこそ、安心して好きなことに打ち込めるんだって。……とても救われました。だけど、私は――」

苦しそうに止めた言葉の続きは、聞くまでもなかった。由里が今、こうして賢太郎と夫婦でいることが、すべてを物語っている。

「何年もかけて開いた心の隙間が、賢太郎と話しているだけで埋まっていくような感覚を覚えました。私はみるみる惹かれてしまって、けれど隆也には言えず、私のせいで兄弟の関係がおかしくなってしまうことも怖くて。心の中で隆也を裏切ったまま、何年も過ごしました。……突然、隆也から別れを切り出されたのは、――彼が失踪《しっそう》する前日のことです」

「前日……？」

「はい。……これ以上待たせられないと、恋愛のことまで考える余裕がないと言われました。その頃には会う時間もすっかり減っていましたし、私はそれまで自分のことばかりでしたけど……、隆也の気持ちもまた、離れてしまっていたんだなって思ったんです」

由里はそこまで話すと、一度目を閉じた。——そして、ゆっくりと間を開け、ふたたび言葉を続ける。

「まさか、いなくなってしまうなんて」

それはおそらく、もう何百回も、心が擦り切れるまで思い出し続けた、悲しい記憶なのだろう。由里の表情は、もはやなにも語っていなかった。

そして、その日以降のことは、淡々と語られた。

由里が賢太郎と付き合うようになったのは、失踪から三年後のこと。隆也のことがあってから、賢太郎への想いに一度は蓋《ふた》をしたものの、同じ喪失感を共有する二人は自然と一緒に過ごす時間が増えた。二人で隆也のことを少しずつ思い出に変えていく中で、前とは違う形の愛情が芽生えたのだという。

「……支えてくれる人がいて、よかったですね」

ときどき言葉を止める由里に、澪はたまらず声をかける。

しかし、由里は複雑な表情を浮かべた。

「……実際は、そんなに美しい記憶ではありません。当時は、自分のことが本当に嫌いでした」

「どうして……」

「私は何年も隆也を裏切っていたくせに……、隆也も私に気持ちがなかったんだって事実を、考えずにいられなかったんです。……すごく悲しいのに、苦しくて、悔しくて。……最期の日まで、隆也の頭にあったのはサーフィンのことだけだったんだなって。……隆也らしいですけど、それが寂しくて」

「え……？」

その言葉を聞いた瞬間、澪の心がドクンと揺れた。

頭を過《よぎ》ったのは、広尾から聞いた話。けれど、言葉がまとまらないうちに、由里は続きを口にする。

「隆也の霊が出るって噂が広がりはじめたとき……、隆也は、賢太郎と結婚した私を責めているんだろうと思いました。……さっきも話したように、私は隆也に別れを告げられるずっと前から気持ちが浮ついていましたから。もしそんな裏切りを知ったなら、さぞかし腹が立つだろうと……」

「由里さん、待っ……」

「賢太郎には、その気持ちも後悔もなにもかもを話しました。……彼は、そんな罪悪感だらけの私ごと、受け入れてくれました。……だけど、隆也にはもう永遠に謝ることは叶《かな》いません。……彼は、浮かばれずに彷徨《さまよ》っていても、私の前には現れてくれない。一番責められるべきは、私なのに」

由里の重い独白が止まると、部屋はしんと静まり返った。

否定してあげなければと思うのに、想像以上に自分を責めていた由里を前に、かけるべき言葉がうまくまとまらない。

焦りばかりが募る中、——苦しい沈黙を破ったのは、意外にも、次郎だった。

「死んでしまえば、知りようがないですよ。あなたが裏切っているかどうかなんて」

由里が、大きく瞳《ひとみ》を揺らす。

「死んだら、人の心の中に秘めていることまですべて見抜けると、……そう考えている人は意外と多いみたいですが、そんなことはない。死んでから新たに知識を得ることなんてないし、残るのは、死の瞬間に抱えていた強い念だけです」

「え……？」

「だから、死んだ後に起こったことなんて、隆也さんは知りません。もちろん、あなたと賢太郎さんがどうなったのかも。正直、その話を聞くまでは、隆也さんの生前に、三人の間でなんらかのトラブルがあったのだろうという予想も過りましたが……、違いました。……彼が留《とど》まる理由は、おそらくあなたにはない」

「あ、あの……」

「だから、気に病むことはありません。……お陰でこっちの調査は、またゼロからですが……。……澪、行くぞ」

「え！……で、でも、ちょっと待っ……」

いきなり立ち上がった次郎に澪は戸惑い、咄嗟《とっさ》に腕を掴《つか》んだ。すると、次郎は立ち止まり、なにかを思い付いたようにふたたび由里に視線を向ける。

「新垣が隆也さんの過去の記憶を見たことは、まだご存じないんですよね。……どんな様子だったと思われますか？」

「過去……？」

「隆也さんは幸せそうに笑っていて、……あなたは、複雑な表情を浮かべていたと聞きました」

「それ……って」

「新垣に伝わったのは、客観的な風景ではなく隆也さんの主観です。……つまり、気付いていたのかもしれないですね。あなたの気持ちが自分になく、誰に向いているかを。……俺は他人の感情はよくわかりませんし、あくまでただの予想ですが、……隆也さんは隆也さんで、あなたが誰と一緒にいれば幸せか、考えていたのでは」

「え……？」

「……何度も言いますが、ただの予想です。調査を進めなければならないので、僕たちはこれで」

次郎はそう言うと、今度こそリビングを後にした。

「そんな、こと……」

由里の体は、小さく震えていた。

とても放ってはおけず、澪はその華奢《きゃしゃ》な背中を撫《な》でる。

「由里さん……、由里さんの言葉を聞きながらひとつ違和感を持ったんですけど……、隆也さんが最期の日に乗っていたサーフボード……、お父さんの形見だってこと、もちろんご存じですよね……？」

「それは……、もちろん、知ってますけど……」

「悩みがあるときに乗っていたってことも……？」

「え……？」

やはり、知らなかったのだ、と。

由里の表情から、確認するまでもなかった。ただ、それは無理もなく、むしろ、隆也の父親も同然の広尾だからこそ知っていた事実だ。

「だから、さっき長崎が由里さんに伝えた予想、私も合ってると思います……。隆也さんは、ちゃんと由里さんのことを好きで、でも身を引いたんじゃないかなって……。だけど、すごく辛《つら》かったんだと思います。夜中の海で、お父さんのサーフボードに乗るくらい」

由里は、ただ茫然《ぼうぜん》としていた。

やがて、背もたれにぐったりと背中を預ける。

「私は……、酷《ひど》いことを……」

「隆也さんの気持ちを汲《く》んであげたいなら、自分を責めちゃだめです……。さっき、隆也さんの思いが……、後悔してほしくないっていう願いが、伝わってきました。賢太郎さんと結ばれるのは、隆也さんの望みです。もう、ひとつの思い出として整理してもいいんじゃないでしょうか……」

「……」

由里は、長い時間黙っていた。

澪はそっと立ち上がり、ぺこりと頭を下げる。

「……私、行きますね。……もし辛くなったら、相談してください」

「……新垣さん」

「え……？」

「……ありがとう、ございます……」

「……いえ」

切なく震えるお礼の言葉に、胸が痛んだ。

リビングを後にして玄関を出ると、壁にもたれかかる次郎と目が合う。

「お待たせしました……」

「進まないな、調査が。隆也の目的が、ますますわからなくなった」

第一声はずいぶんドライだったけれど、次郎が由里に語った言葉に含まれる思いやりに、澪は気付いていた。

ただ、次郎が恋愛のことを、ましてや予想で語るなんて、考えてみればかなり珍しい。黙って見つめると、次郎は不満げに目を逸《そ》らす。

「……なんだ」

「あっ……、いえ……、えっと、恋愛絡みのトラブルや恨みではなさそうですね……」

次郎が言う通り、なにか重要な秘密があると確信してここへ来たものの、判明した事実は、残念ながら核心には触れなかった。

なぜ、隆也は浮かばれないのか。なぜ、人を襲うのか。

その謎については、相変わらずわからない。

「……だけど、少しほっとしました。物騒な事件じゃなくてよかったなって。……賢太郎さんは、私たちが過去のことを掘り返すことで由里さんが罪の意識に苛《さいな》まれないように、庇《かば》っていたんですね……」

「賢太郎も、由里と同じく隆也に恨まれてると思ってたんだろ。……にしても紛らわしい。完全に翻弄《ほんろう》された」

「でも、愛情が深いと思いました……」

澪が呟《つぶや》くと、次郎は深く溜《た》め息をつく。

「それにしても、また仕切り直しか。……長年生活した思い入れの深い場所で死なれると、複雑だな」

「そうですね……。いろいろな思いが残りすぎていて……」

「想像よりも面倒だ」

次郎が途方に暮れる姿は珍しい。

もう六日も経って調査が振り出しに戻ったのだから、無理もなかった。

「次郎さん、私、隆也さんの記憶を見たことで、少し感覚が戻ったような気がするんです。またきっとすぐにヒントを得られると思います。だから……」

「お前は、あまり焦るな。ロクなことがない」

「そ、そんな言い方……」

「結果が出ないこともある。困るのは吉原不動産だからお前が気負うな」

「でも……！」

反論しかけて、澪は言葉を飲み込んだ。言い方とは裏腹に、次郎の表情には心配が滲《にじ》んでいたからだ。

最近、次郎のこういう顔を見ることが多い。たびたび心配をかけているということを、澪はもちろん自覚している。

「……わかりました。極力抑えます」

「いまひとつ信用ならない」

次郎は皮肉を口にしながらも、少しほっとしたように息をついた。

その日の夜、澪が高木と談話室で食事をとっていると、突如、賢太郎が顔を出した。

これまであからさまに避けられていたぶん、澪は驚き思わず手を止める。

すると、賢太郎は気まずそうな表情を浮かべ、椅子に腰かけた。

「……妻に会ったんですね」

「えっ……！　あ、えっと……、すみません……、いくつか聞きたいことがあって……、夕方訪ねたら、い、家に上げていただきまして……」

澪が慌てて謝ると、賢太郎はゆっくりと首を横に振る。

「苦情を言いにきたわけではないので、そんなに構えないでください。……正直、妻が応じたのは意外でした。私はこれまで、できるだけ隆也の話題を彼女の耳に入れないようにと必死でしたので。……失礼ながら、今回の調査も彼女を傷つけるんじゃないかと警戒して、家にいるよう伝えていました」

賢太郎が口にしたのは、澪たちが予想していた通りの言葉だった。

由里は、隆也を裏切ったと気に病んでいたし、それも含めて由里を受け入れた賢太郎が、由里から第六を遠ざけたがるのは当然と言える。

「……ちなみに、私が調査を承諾した理由は、妻が後悔から解放されるには、みずなぎ荘を閉めてここから離れるしかないと思ったからです。……隆也が亡くなったショックも由里の後悔も、普通は時が経つにつれ整理できるものなのでしょうが……そうはいかなかったので。隆也が彷徨《さまよ》っているという噂が立ち、しかもみるみる広がり、霊能者を呼びましたが逆効果で、収拾がつかなくなり……、妻はそれを耳にするたび傷つき、苦しそうで……」

賢太郎にとって、みずなぎ荘を売却する決断は、由里のためを思った最終手段だったのだろう。

ただ、そのためには、霊能者の言葉を信じてここを離れたがらない尚江を説得する必要があった。

「だから、隆也のことを蒸し返すリスクを負ってでも、誰もが納得する結論を出してもらう必要があったんです。そんなときに吉原不動産から打診され、それが叶《かな》うと思いました。……第六の皆さんにとっては不本意ですよね。本当にすみません……」

「増本さんこそ、そんなに構えないでください。予想してましたし、由里さんからも同じことを聞きました。霊能者っていう存在を、あまり信じてなかったって。むしろ、こちらも由里さんのお気持ちを考えず、いきなり押しかけてすみませんでした……」

澪が頭を下げると、賢太郎は慌てて首を横に振った。

「そんな……、新垣さんたちと話したと報告をくれたときの妻は、なんだか、すっきりした表情で……。そんなこと想像もしていなかったので、とても、驚きました。……だから、むしろお礼を言わなければと」

「お礼なんて……！」

「いえ、それに、きっと不快な思いをさせたと思います。……お気付きでしょうが、できるだけ避けてましたし、本当に申し訳なくて」

「そんなの気にしないでください……！」

何度も繰り返されるお詫《わ》びとお礼の応酬に、傍で聞いていた高木が堪《こら》えられないとばかりに笑い声を零《こぼ》した。

澪と賢太郎は我に返り、顔を見合わせる。——そして。

「私もなんだか少しスッキリしました。……ありがとうございます」

「またお礼ですか……？」

「……す、すみません」

「ふふっ……」

思わず澪が笑うと、賢太郎の表情も緩む。

その表情には、もうなんの含みも感じられなかった。

やがて、賢太郎が談話室を後にすると、高木が澪の肩をぽんと叩《たた》く。

「とにかく、いろいろ仕切り直しだね。俺の休みももうすぐ終わっちゃうし、頑張らないとな」

「そう言えば、そうでしたね……」

すっかり忘れていたけれど、高木の滞在のリミットまではあと三日しかなかった。休みが明ければ、会社から状況を聞かれるのだろう。けれど、現時点であまりポジティブな報告はない。

いよいよ切羽詰まってきたと、澪は焦りを覚えた。

「どうしよう……。わからないことが多すぎて……」

思わず弱音を吐くと、高木は首を横に振る。

「いや、焦らせるつもりじゃないんだよ。むしろ、開発計画のことならそんなに気にしなくていいから。計画が大がかりな程、思い通りに進まないのが普通なんだし」

「高木さんにここまでしてもらって、気にしないわけにはいきません……。でも、本当に難しくて。予想はことごとく外れますし……」

「確かに。恨みどころか、隆也さんの人格の良さばかりが明らかになっていくよね」

「そうなんですよ……」

実際に海で起こっているのは、危険な事故。そして、目撃される隆也の姿。知れば知る程混乱は深まる。

「とにかく、後でまた打ち合わせしようよ。澪ちゃんは先にお風呂《ふろ》にでも入ってくれば？　次郎たちはこれから食事だろうし」

「あ、はい……！　そうしますね」

二階に上がると、澪は高木と別れてタンチョウの間に向かった。

そして、取っ手に手をかけた瞬間――ふと、廊下の奥に人の気配を感じた。

見れば、イカルの間の戸がわずかに開いている。

――誰かいる……。

ふいに緊張が込み上げたけれど、霊障は感じられなかった。澪は音を立てないよう、ゆっくりと廊下を進み、イカルの間を覗《のぞ》き込む。

すると、部屋の中には、隆也のサーフボードの前に座り込む、尚江の姿があった。

表情は見えないけれど、丸めた小さな背中が、――死とは、別れとは、いったいどういうことなのか、すべてを物語っているように見えた。

澪はなかなか目が離せず、その場に立ち尽くす。

どんな悲しい過去も、時間が経つにつれ思い出に変わっていくのだと、よく耳にする言葉が急に軽々しく思えた。

たとえ二十年経っていようと、もしかすると、自分の命が尽きるそのときまで抱え続けるシミのような悲しみが存在するのかもしれない、と。

そう思うと胸が苦しくなって、澪はゆっくりと後退《あとずさ》った。

すると、突如背中がなにかに当たり、振り返ると、いつの間にかそこにいた次郎と目が合う。次郎は口の前で人差し指を立て、澪の腕を引いた。そして、廊下を戻ってタンチョウの間に入ると、様子を窺《うかが》いながらそっと戸を閉める。

「……尚江は俺らの調査をあまりよく思っていない。……できるだけ、接触するな」

「………」

「澪？」

返事をしない澪に、次郎は怪訝《けげん》な表情を浮かべた。

澪は慌てて頷《うなず》きながらも、正直、まったく別のことを考えていた。

「……人が死ぬって、すごく重いですね」

「は？」

「わかってたつもりでしたけど、時間が経ちさえすれば癒えるってわけじゃないんだな、と。……それを目の当たりにして、なんだか怖くなりました」

次郎はなにも言わなかった。

ふと見上げた瞬間、深い色の瞳《ひとみ》に捕えられる。

「……唐突にすみません。調査が長引いちゃって、気持ちがナーバスになってるのかも……」

「時間で癒える別れは、ある意味幸福だ」

突如、次郎が口にした言葉で、澪の心臓がきゅっと震えた。次郎はとくに表情を変えないまま、さらに言葉を続ける。

「別れの瞬間から少しも時が進まない、苦しい別れもある。……残された人間の方が、死んだ人間よりよほど無念を抱えることも。……増本夫婦も、もしかするとそういう運命を辿《たど》るところだったかもしれない。だが、多分、変わった。……おそらく、お前のお陰で」

「私は、そんな……」

まさか、そんなことを言ってもらえるなんて思いもせず、澪は戸惑う。

ただ、次郎の口調がいつもよりも少し穏やかなせいか、言葉が心の深い所に染みわたるような感覚を覚えた。

「すべて解決すれば、尚江の止まった時間も動かせるかもしれないな」

「次郎さん……」

「……まぁ、俺らの目的とは直接関係ないが」

最後に付け加えたぶっきらぼうな言葉は、おそらく照れ隠しだと、澪にはわかっていた。

次郎は澪にくるりと背を向け、廊下の様子を窺う。

「……尚江はまだイカルの間にいるようだな。俺は拠点に戻るから、移動するなら気を付けろよ」

「……次郎さん」

「ん？」

「次郎さんの時間は、ちゃんと動いてますか？」

ふいに、次郎が振り返った。

瞳には、かすかな動揺が浮かんでいる。

唐突だと思いながらも、どうしても聞かずにいられなかった。大切な人を失って苦しむ人を見てしまったからこそ、なおさら。

長い、沈黙。

やがて、次郎がふいに目を細める。

「動いてないと思うか？」

「え？」

逆に質問を返され、澪は思わず動揺した。見上げると、次郎はかすかに笑みを浮かべる。

「俺は案外わかりやすいと思うが」

「そう、でしょうか……」

澪が表情で否定していたせいか、次郎は珍しく笑い声を零した。その表情を見て、澪は、ほんの少しだけ次郎の言葉に納得する。――そして。

「俺は少なくとも……お前みたいに誤魔化してはいない」

「え……？」

「一人で抱え込んで暴走する癖が治らないと、独り立ちは無理だぞ」

「そん……」

突然の指摘に心当たりがありすぎて、澪はなにも返せなかった。心の中をどれくらい見抜かれているのだろうと、途端に不安が込み上げてくる。

一方、次郎は平然と、ふたたび廊下を覗いて様子を確認した。

「あの……、全然大丈夫ですよ、私……」

「嘘が下手すぎるぶん、まだマシだな」

一瞬で言い返され、澪は口を噤《つぐ》む。すると、次郎は意味深に笑い、今度こそタンチョウの間を後にした。

残された澪は、しばらくその場に立ち尽くす。頭の中では、次郎にかけられた言葉が、いつまでも余韻を残していた。

その夜。――澪は、リアムのテントを訪れていた。

調査が壁に突き当たると、新たな情報を得るためと自分に言い訳しながら、ついテントに足が向いてしまう。

口には出せないものの、妙にのん気な二人に癒されていることは、もはや否定できなかった。

「——なんだ……、今日はなにも起こらなかったんですね……」

「ずいぶん人でなしな反応してくれるね。ま、澪ちゃんから貰《もら》ったお札のお陰もあるんだろうから、感謝してるけど。ってか、少々妙な物音がしても、もうあまり動じなくなってきてる自分が怖い」

「僕らも長く滞在しているし、精霊たちがようやく僕やミツルのことを仲間だと思ってくれたのかもしれないね」

「……そんなこと望んでないよ俺は」

二人の会話を聞くと体の力が抜け、澪はリアムのクッションに顔を埋《うず》め、溜《た》め息をつく。

「私自身、ここまで霊と遭遇したいって思うことも、珍しいんですが……」

「立派に変人だよ、君は」

「仕事ですから。……直接話を聞きたいんです。……隆也さん、あまり気持ちを教えてくれないし」

「足を引かれて殺されかけてたじゃん。その先を望むなら、後は死あるのみ」

「……あれって、本当に隆也さんだったんでしょうか」

それは、あまり考えずに口にした言葉だった。

けれど、声にした瞬間、心に妙な違和感を覚え、澪はクッションから顔を上げる。

すると、リアムが口を開いた。

「僕は怖い思いをしていないし、タカヤに対しては、相変わらず精霊のような印象しかないなぁ。ミオたちが言う、守護霊？　みたいな感覚。そっと現れて、そっと消えて行く、みたいなね」

「そっと現れて……、そっと消えて行く……」

「で、ときどき人を襲うって？……なんだその守護霊」

「……やっぱ、別人みたいですよね……」

この付近では、確かに物騒な事故は多いものの、判明している死者は隆也だけ。そして、何度か映像に映り込んだ人影は、隆也であると判断されている。そう思うに値する証拠は揃っているし、隆也以外に考えられない。——と、思っていた。

けれど、覚えた違和感は、みるみる膨らんでいく。

おそらく、隆也から伝わった過去の光景が、あまりにも穏やかだったせいだ。

「今さら別人説？　でも他に事故死はないんでしょ？」

「ないんです、けど……」

「まあ、俺は霊のことなんて全然わからないからなにも言えないけど。たとえ穏やかな霊でも、たとえば気に障ることをされたりしたら、急に怒ったりもするんじゃないの？　その人、この海に異常に執着してたんでしょ？」

「執着っていうか、隆也さんにとってはあまりに思い入れが多いから……」

「だから、執着じゃん。大切なんでしょ、ここが」

ふたたび、心がざわめく。

なにかを思い付きそうで思い付かず、澪は黙り込んだ。

――ここが大切、か……。

それは、隆也についてはっきり言いきれる、数少ない事実だ。

隆也がなにより優先していたのはサーフィンであり、人生の多くを過ごしたのは、まさにこの海。執着がないはずがない。

「……駄目だ、よくわかんない……」

澪がひとり言をもらすと、リアムが笑い声を零《こぼ》した。

「ミオは本当によく頑張ってるよ。東京に戻ったら、またランチでも行こうね」

「ありがとうございます……。そういえば、リアムの休みはもうすぐ終わりですよね……？」

「そうだね。ま、十分堪能《たんのう》したよ。海は最高だったけど、今は丸の内が少し恋しいな」

リアムの言葉に、澪も同意していた。

狭いオフィスでの日常が、少し恋しい。

すると、伊原が不満げに溜め息をつく。

「……そりゃ、リアムは忙しくなるだろうけど、俺は第六が調査を終えてくれなきゃ仕事がないからなぁ。澪ちゃん、早く終わらせてまた俺を寄生させて」

「……恥じらいもなく寄生なんて言わないでください」

「俺は誇りを持って寄生してるから、恥じらいなんてない」

「ふふっ……」

澪が思わず笑うと、伊原も笑みを浮かべた。

「俺を貶《けな》すときは生き生きしてるよね、君は。……ってか、今夜はテントで過ごせば？」

「え？」

「最近なんだか思いつめてるみたいだし、スランプなのかなと思って。こっちの方が出現率高いんじゃないの？　お札を持ってれば危なくないわけだし、リアムとのんびり待ってれば？」

どうやら、伊原は澪を心配してくれているらしい。まさかのことに少し動揺しながら、澪は曖昧《あいまい》に頷《うなず》く。

「ありがとうございます。もうスランプは脱しかけてるんですけど……、ここで待つのも、ちょっとアリかもですね」

「ミオ、本当？ なら、なにか美味《おい》しいものを作ろうかな」

「張り切るねぇ。セレブって案外素朴な子が好きなの？」

「ミツル、女の子に失礼だよ」

伊原の気まぐれな思い付きとはいえ、それは悪くない提案だった。出現率のこともあるが、リアムたちが帰ってしまえばもうそんな機会は得られない。

「一度拠点に戻って、次郎さんに相談してみますね」

「はいはい。次郎くんには、間違っても俺が提案したなんて言わないでね。殺されかねないから」

「伊原さんは、いろいろ誤解してます……」

澪は苦笑いを浮かべ、テントを後にした。

そして、ビーチを歩きながら、ふと溜め息をつく。

蓄積された疲労が、そろそろ深刻だった。こうして一人になると、体がずっしりと重くなる。

「砂の上ってほんと歩き辛《づら》い……」

澪は文句を零しながら、みずなぎ荘に向かった。ふと顔を上げると、目線の先に、もうすっかり見慣れたワタリドリの小道が見える。

ここへ来て、もう一週間。何度ここを通っただろうかと考えながら、澪はワタリドリの小道の入口まで歩いて、立ち止まった。

振り返ると、目の前には、月にぼんやりと照らされた海。

――執着、か……。

ふと、伊原の言葉が浮かぶ。

ここで生まれ育ち、サーフィンに夢中になり、恋をして、――隆也の人生のほとんどがこの風景と共にあったのだから、さぞかし思い入れが深いだろう。

澪はしばらく眺め、ゆっくりと視線を戻した――瞬間。

突如、足首に奇妙な感触を覚える。

ドクンと、心臓が大きく鼓動を鳴らした。

頬を撫《な》でる風が、ひやりと冷たい。

澪はゆっくりと、自分の足首へ視線を落とす。

ただ、確認するまでもなく、なんらかの異変が起きていることを予感していた。

そして、間もなく澪の視界に入ったのは、――リーシュコードが巻き付いた、足首。

震える手でポケットを探るがお札はなく、澪の顔から血の気が引いた。

——そうだ、着替えたときに……。

思い当たるのは、夕方のこと。今日は高木に勧められて、澪はいつもよりも早くお風呂《ふろ》に入った。そのとき、お札を着替えに移し替えた記憶がない。

焦りがみるみる込み上げ、澪は恐る恐る足を動かす——しかし。

突如、凄《すさ》まじい力でリーシュコードを引かれ、澪は砂の上に転倒した。

「っ……！」

全身を強く打ち付け、悲鳴を上げるどころか呼吸もままならない。さらに、澪の体は抵抗の余地なく海に向かって引きずられていく。

まさに、数日前とまったく同じだった。

ということは、これから起こることも、おそらく同じなのだろう。あのときに覚えた絶望感が蘇《よみがえ》り、頭が真っ白になった。前は運よく気付いてもらえたけれど、毎回そんな奇跡を期待はできない。

澪は無我夢中で腕を伸ばすけれど、摑《つか》むものはなにもなく、一切の抵抗が叶《かな》わないまま、あっという間に足の先が波に濡《ぬ》れた。

「たっ……、かや、さん……！」

思わず叫んだのは、隆也の名前。ただ、パニックに陥っていてもなお、これが本当に隆也の仕業なのかという疑問は拭《ぬぐ》えなかった。

脳裏に浮かぶのは、由里を見つめる優しい笑み。隆也は恋人の幸せを願って身を引いた、優しい人だ。

なのに、澪の足を引く力からは、底知れない憎悪が伝わってくる。

「どう、して……！」

必死の問いかけは届かないまま、澪の体はさらに引かれ、ついに押し寄せる波が全身を覆った。

これ程の勢いで絶望に支配されたことはない。

必死に藻掻《もが》いても、リーシュコードはビクともしなかった。

「な……、ん――」

口を開いた瞬間、押し寄せる波に飲まれ、澪は激しく咳《せ》き込んだ。その間にも、体はさらに海へと引き込まれる。

――助けて……！

叫びは、もう声にならなかった。澪は最後の抵抗とばかりに、掴むものを求めてがむしゃらに腕を伸ばす。――そのとき。

伸ばした腕に、ひんやりと、奇妙な感触を覚えた。

たちまち込み上げる、嫌な予感。薄っすらと目を開けると、視界に入ったのは、――腕に絡まりつく、無数の手。黒く変色した腕が海の中から次々と伸ばされ、澪の腕を掴む。

——なに、これ……。

もはや、澪には理解ができなかった。

もはや抵抗が叶うはずもなく、澪の体は腰まで海に引き込まれる。その間も腕はさらに数を増やし、澪の肩や首にまで絡みついた。

ただ、——そんな絶望の最中、ひとつだけ、澪は確信したことがあった。

——隆也さんじゃ、ない……。

少なくとも、隆也一人の仕業ではない、と。

どれも肘《ひじ》より先しか視えないけれど、漂う気配は十体や二十体ではなかった。何者なのかはわからないが、触れられた箇所から伝わってくるのは、強い無念。

そんな、もはや相手は誰でもいいとばかりに、手あたり次第に苦しみをぶつけてくるこの感覚を、澪はどこかで経験した記憶があった。

——これ……、踏切の……。

ふいに頭を過《よぎ》ったのは、ずいぶん前に調査した、八王子《はちおうじ》の踏切。

そこは、夥《おびただ》しい数の自殺者の霊が集まり、波長の合う人間を引き込もうとする、怖ろしい場所だった。

そして、ここに漂っている気配は、あのとき感じた理不尽な憎悪と同じだと、澪は思う。

――もしか、して……。

ひとつの可能性が浮かんだ瞬間、押し寄せた波に飲まれ、澪は海中へ沈んだ。

無数の手は藻掻くことすら許さず、澪は無抵抗のまままさらに底へと引き込まれていく。

もう、どうにもならない、と。

心の奥に、諦《あきら》めが生まれた瞬間だった。

気力はとうに失い、思考も徐々に暗転しはじめる。――けれど、そのとき。突如頭の中に響く、懐かしい息遣い。

――マメ……？

消えかけた意識の中、頭に浮かんだのは愛《いと》しい姿。

きっと都合のいい幻聴に違いないと思いながらも、澪はその声に耳を澄ませる。――すると。

『ワン！……ワンワン！』

今度ははっきりと、鳴き声が響いた。

朦朧《もうろう》としていた意識がたちまち復活し、同時に、澪を掴んでいた手が一気にほどける。

そして、澪の体は勢いよく水面へと引き上げられた。

激しく咳き込みながらも、澪はマメの姿を捜して視線を彷徨《さまよ》わせる。——すると、
すぐ傍に、澪の服を必死に引っ張るマメの姿があった。

数えきれない程の霊に怯《ひる》みもせず、低く唸《うな》り声を上げて威嚇する姿に、澪の心がぎゅっと震える。

「マメ……」

『ワン！』

「来て、くれた、の……？」

危険な状態であることに変わりないのに、澪の心は、マメに会えた嬉《うれ》しさでいっぱいだった。

しかし、マメの体の輪郭は曖昧《あいまい》で、今にも暗闇に溶けてしまいそうだった。

「マメ……」

『ワン！』

不安になって名を呼ぶと、マメはまるで弱気な澪を叱るかのように、大きな声で吠《ほ》えた。

必死な目が、しっかりしろと訴えている。

その姿を見ていると、諦めるわけにはいかなかった。震える体に力を込め、ビーチ

へ向かって水を掻く。――そのとき。

突如、力強い手に両腕を掴まれた。

見上げると、月明かりの逆光の中に、澪を見下ろす人影があった。

――誰……？

その人物は、澪の体を軽々と横抱きにし、海から引き上げる。すると、澪たちの周囲を取り巻いていた手も、まるで電池が切れたおもちゃのように、力を失い次々と姿を消した。

とても、不思議な心地だった。

「あな……たは……」

問いかけても、返事はない。

ただ、少し長い髪が風に揺れるシルエットを見た瞬間、――一人の人物が思い当たった。

――隆也……さん……？

心の中でその名を呼ぶと、澪を抱える両腕にかすかに力が込められる。

「助けて……、くれ、たん……、ですか……？」

やはり、答えはなかった。

隆也らしき人物は、澪を抱えてビーチを歩き、乾いた砂の上にそっと降ろす。とても注意深く、優しい仕草だった。ただ、その手の感触があまりにリアルで、澪はかすかな違和感を覚える。——そのとき。

「——澪……！」

名を呼ばれ、澪はまるで夢から覚めるように、途端に我に返った。

「あれ……、次郎、さん……？」

目の前にいたのは、隆也ではなかった。というよりも、いつの間にか次郎の姿に変わっていた。

一瞬、まだ幻覚が続いているのだろうかと、澪は茫然《ぼうぜん》と次郎を見つめる。けれど、澪を支える手の感触は、じわりと温かかった。

「本物、ですか……？」

心に浮かんだままの言葉が、口から零《こぼ》れる。

すると、次郎はぐったりと脱力し、澪の肩に額を預けた。

「次郎さん……？」

不安になって名を呼ぶと、次郎は大丈夫だと言わんばかりに小さく頷《うなず》く。

その様子に、澪は、どれだけ心配かけたかを実感した。

「次郎さん、すみませんでした……」

謝ると、次郎がゆっくりと顔を上げる。

「……隆也に呼ばれた気がした。なにかが入ってきたような感覚も……」

「え……？」

「悪い、……まだ混乱してる」

「次郎さん……？」

「…………」

次郎は、普段の様子からは考えられない程に混乱していた。

ただ、澪は、次郎の言わんとすることも、澪たちの身になにが起こったのかも、なんとなく理解しはじめていた。

次郎を呼んだのは、おそらく隆也だ、と。そして、隆也が駆けつけたように見えたのは、彼の魂が次郎を動かしていたからではないかと。

真実はわからないけれど、そうとしか考えられなかった。

そのとき、マメが尻尾《しっぽ》を振りながら、澪と次郎の間に体を滑り込ませる。

「お前……、どこ行ってたんだ」

次郎はマメを抱きあげ、ようやく表情を緩めた。

ただ、マメの体は、やはり薄い。

けれど、澪がその背中にそっと触れると、マメは嬉しそうに尻尾を振った。

次郎はそんなマメを肩に乗せ、立ち上がって澪に手を差し出す。

「お前、またずぶ濡《ぬ》れだな……。風邪ひく前に戻るぞ」

「はい……」

澪は頷き、その手を取った。――瞬間、クラッと眩暈《めまい》に襲われ、たちまち視界が暗転する。

消えゆく意識の中、ついに体力が限界を迎えたのだと、妙に冷静に考えている自分がいた。

澪は、頭の中に響く次郎とマメの声を聞きながら、抗《あらが》うことなく意識を手放した。

翌朝、澪はタンチョウの間で目を覚ました。

腕の中には、丸まって眠るマメ。ほっとして体を起こすと、すぐ傍に、壁にもたれて眠る次郎の姿があった。

澪は次郎の寝顔をぼんやりと見つめながら、昨日の記憶を辿《たど》る。

意識を失った瞬間のことは、覚えていた。もちろん、昨晩視た霊のことも、助けにきてくれた隆也や次郎のことも。

昨日の一件で、わかったことがたくさんあった。

確実に言い切れるのは、これまでに起こった事故が、隆也の仕業ではなかったということ。

隆也は事故を起こしていたのではなく、むしろ海を守っていたのだと、澪は確信していた。

やがて、次郎が薄っすらと目を開ける。

「次郎さん……」

「……体調は」

「大丈夫、です」

「……ようやく、終わるな」

その呟《つぶや》きが、体にじわりと染みわたった。

おそらく、次郎も同じ結論を出したのだろう。

ふと見れば、次郎の腕には乾いた砂がこびりついている。自分も限界だったくせに、心配して傍についていてくれたのだと思うと、たまらない気持ちになった。

澪は体を起こすと、そっと手を伸ばして砂を払う。

次郎は、それを黙って受け入れていた。その、らしくない様子に、澪の心は締め付けられる。

「次郎さん……、助けてくれてありがとうございました」

「お前を助けたのは、俺じゃない」

「次郎さんです。あと、隆也さんとマメと、一哉さんと……」

「……多いな」

次郎は、かすかに笑い声を零した。

そしてゆっくりと手を伸ばし、澪の頬に触れるか触れないかの位置でぴたりと止める。

「……毎回思うが、心臓がいくつあっても足りないな」

「でも、私はすごく、守られているので……」

「……そういえば、お前、お札を持ってなかっただろう」

「あ……、えっと……！　昨日は変な時間にお風呂《ふろ》に入ったせいで……」

澪が言い淀《よど》むと、次郎はいつも通りの表情に戻り、眉《まゆ》を顰《ひそ》めた。

「処分は、後日考える」

「しょ、処分……？　な、なんですかそれ」

次郎はその問いには答えず、立ち上がると、澪に視線を向ける。

「……まあ、お陰でいろんな謎が解けた。支度が終わったら、談話室に来てくれ。俺はシャワーを浴びてくる。……全身砂だらけで最悪だ」

「え、あ、はい……」

「帰るぞ、……東京に」

「……はい」

去り際に残した次郎の言葉は、澪の心に長い余韻を残した。

「隆也の仕業じゃない……？」

澪が談話室に入ると、すでに高木や晃、賢太郎や、由里までもが集まっていた。

そこでまず次郎が口にしたのは、この海で起きたすべての事故は、隆也によるものではないという結論。

賢太郎は目を見開き、すぐに首を横に振った。

「ですが……、録画にも映っていたじゃないですか……」

「はい。この海には確かに隆也さんの念が多く残っています。……そして、この海で亡くなった人間は、隆也さんしかいない。だから、我々も隆也さんの無念によるものだと思っていました。――ですが、昨晩、新垣が襲われて、はっきりしました。彼女を襲ったのは隆也さんではなく、海で亡くなった地縛霊です。それも、夥《おびただ》しい数の」

「夥しい数……？」

「ええ。……そのときに、俺は突如呼ばれました。説明が難しいのですが……、隆也さんに」

賢太郎と由里は、戸惑ったように顔を見合わせる。

その反応は無理もない。亡くなった人に呼ばれたなんて、普通はとても理解できない話だ。

　けれど、賢太郎はしばらく考えた後、ゆっくりと頷《うなず》く。

「……続けてください。皆さんの話は、信用してますから……」

「ありがとうございます。……つまり、隆也さんは無念を残していたのではなく、自らの意志で留まっていたのではないかと」

「隆也が、自分の意志で……？」

「ええ。この海は、浮かばれずに彷徨《さまよ》う無念の溜《た》まり場です。……正確には、溜まり場になってしまいました」

「なった、っていうのは……」

「……きっかけは、おそらく――慰霊碑です」

　その言葉に、その場にいた全員が驚いた。

　隆也の仕業でないことは昨晩身をもって知ったものの、慰霊碑が関わっているなんて、澪は考えもしていなかった。

　すると、次郎は澪に視線を向け、頷く。

「……こういう現象が、ときどき起こる。慰霊碑のように人の念が込められる物には、霊が集まりやすい。ましてや、偽物の慰霊碑には正しい手順で性根《しょうね》入れがされておらず、空箱も同然で、よくないものが居付いてしまう。……結果、この辺りとは無関係な霊までが集まり、危険な場所になった」

「あの……、性根入れって……？」

「墓や慰霊碑には、本来、坊さんが性根入れという祈禱《きとう》をする必要がある。それがされず、居付いた霊のマイナスな感情はさらに良くない魂を呼び、連鎖する。……澪、お前にも経験があるだろう」

唐突な問いに驚きながらも、澪の頭には、すでに答えが浮かんでいた。

「八王子の、踏切ですね」

「正解」

実際、霊たちに襲われている最中にも、澪の頭には八王子の踏切での出来事が過《よぎ》っていたからだ。

そして、踏切には、人を守ってくれる、精霊のような存在もいた。昨日澪を助けてくれた、隆也のように。

ただ、もし踏切に似た状態になっているのだとしたら、澪には気がかりなことがあった。

「でも、そうだとしたら……、たとえ慰霊碑を撤去しても、そう簡単に元通りにはなりませんよね……？」

踏切に集まってきた霊たちが浮かばれるには長い時間がかかると、あのとき、次郎はそう話していた。

「そうだな。正直、祓《はら》えば終わりなんて簡単な問題じゃない。ただし、慰霊碑を撤去すればこれ以上集まることもないし、いずれは散って行く。……ここは、いわゆる人工的に作られた心霊スポットだ。実際にたくさんの人間が死んだ踏切と違い、本来なら集まる理由のない場所だからな」

「なるほど……、なら、慰霊碑さえなんとかすれば……」

状況は踏切程悪くないと知り、澪はほっと息をついた。

しかし、黙って聞いていた晃が、突如口を開く。

「でもさー、慰霊碑を撤去するなんて、尚江さんがいいって言う？　すごい真剣に祈ってたじゃん」

談話室の空気が、たちまち重くなった。

確かに、それは大きな問題だ。尚江は、慰霊碑が隆也の霊を鎮めていると信じている。

澪は、イカルの間で静かに座っていた尚江のことを思い出した。尚江は何年にもわたって、隆也が彷徨っているという噂に心を痛め、隆也が静かに眠れることを願って必死に祈り続けてきたのだろう。

実際は逆効果だったなんて言ったところで、簡単に受け入れてもらえるとは思えない。

「……それは、私がなんとか……。この後に会って、話してみます」

そう呟《つぶや》いたのは、賢太郎。

次郎は首を縦に振った。

「説得に関しては、任せるしかないですね。我々の話を聞いてもらえるとは思えませんし。ちなみに……、たとえ適当に建てられた慰霊碑でも、人の念が込められた分、撤去するときには供養が必要なので、その際は連絡を。……マトモな霊能者の知り合いがいますので」

「……ええ、お願いします」

頷く賢太郎の姿を見ながら、澪は、ぼんやりと隆也のことを思い浮かべる。

調査が始まって以来、なかなか姿を現してくれないことにずいぶん焦ったけれど、こうしていろんなことがわかってきた今、すべてが納得だった。

隆也は、恨みや無念を誰かに訴えたかったわけではなく、ただ、大切な海を守りたかったのだ、と。

海で騒ぐ大学生や、テントを張るリアムたちの前にばかり現れた理由も、そう考えるとしっくりくる。

「澪、どうした？」

名を呼ばれ、ふと我に返ると、次郎と目が合った。

「いえ……」

一度は首を横に振ったものの、心の中に渦巻く感情が抑えられず、澪は次郎を見上げる。

「……情緒不安定だなんて言って、悪かったなって……。隆也さんは、ずっと大切な海を守っていただけなのに……」

すると、次郎は小さく溜め息をついた。

「……海で起こっていた現象には統一性がなかったし、それも仕方がない。普通は、思い入れだけで留《とど》まったりしないからな。……そのぶん、無念を残した地縛霊に比べるとずいぶん弱い。俺の体を借りなければ、お前を助けられないくらいに」

「そうまでして……」

「理屈じゃないんだろう。……思い入れやら執着やら、形のないものを他人が理解するのは難しい。それは、生きていても同じことだ」

次郎がそう口にした瞬間、静かに聞いていた由里が瞳《ひとみ》を揺らした。

過去を思い出しているのかもしれない、と。澪は少し気になりながらも、見て見ぬふりをした。

次郎が言った通り、形のないものを理解するのは難しい。思い出や後悔も、同じだ。

「――とにかく、……結果が出た以上調査は終了です。慰霊碑を撤去できれば、ひとまずこれ以上悪化はしない。これ以降のことは、増本さんたちが決めることですが」

「……ええ。ありがとうございます」

「長かったね。……僕、今回ほとんど役立たずだったなー。ま、それなりにいろいろ撮れたし、面白かったけど」

「晃くん……」

「あ、ごめん。つい」

　あまりに空気を読まない発言を慌てて止めると、晃はいたずらっぽく笑う。同時に、賢太郎もかすかに笑みを浮かべた。

「……第六リサーチの皆さんは、不思議ですね。こっちからすると理解できないことばかりですが……、怖がるどころか楽しんでいるなんて」

「そんなの、彼だけですから……」

　澪が否定すると、賢太郎はふたたび微笑む。その優しい笑みは、少しだけ、隆也と似ている気がした。

「……おい、さっさと機材を撤収するぞ」

「は、はい！」

　ともかく、――長かった調査は、ようやく終わりを迎えようとしていた。

カメラを撤収した後、澪は調査の終了を伝えるためリアムのテントを訪れた。

「——なんだ。下手したらあと一ヶ月くらいかかるんじゃないかと思ってたのに、終わりなんだ？」

「ということは、みんな東京に戻るんだよね。ミオたちがいないと寂しいなって思ってたから、嬉《うれ》しいよ」

「リアム……、ありがとうございます。東京で会いましょうね」

調査を始めてまだ一週間だが、澪には、一ヶ月くらい過ごしたような体感があった。リアムたちと話していると、東京に戻れることを実感し、疲れがじわじわとほどけていく。

澪は撤収の支度をするため、二人への挨拶《あいさつ》を早々に終えるとテントを後にした。

そして、みずなぎ荘に戻ろうと、ワタリドリの小道に差し掛かった、そのとき。

慰霊碑の方に向かう、尚江の後ろ姿が見えた。

「尚江さん……？」

澪たちが出した調査結果は、賢太郎によってもう尚江に伝えられているはずだった。

それでも尚江が慰霊碑に向かっているということは、説得が上手《うま》くいかなかったのかもしれないと、たちまち不安が込み上げる。

澪はしばらく迷い、結局、尚江を追って慰霊碑の方へ向かった。一応ポケットを確認すると、指先にお札の感触がある。

――お札持ってるし、大丈夫……。

ただ、今の澪にとって、霊よりもむしろ尚江の反応の方が気がかりだった。緊張しながら岩場を進むと、やがて、慰霊碑と、その前に立つ尚江の姿が見える。

澪は少し離れた場所で立ち止まり、しばらくその姿を見つめていた。

すると、尚江は突如くるりと振り返る。

「っ……」

突然目が合い、澪は思わず硬直した。

しかし、尚江は驚きもせず、ゆっくりと俯《うつむ》く。――そして。

「誰がなにを言っても信じられないのよ。……視えもしない隆也のことは信じられるのに」

突如、ぽつりとそう呟いた。

「え……？」

それは、誰に話しているのかわからないくらい、小さな声だった。

反応していいものか迷いながら、澪は少しだけ、尚江との距離を詰める。すると、尚江はポケットから一枚の写真を取り出した。

「いつの間にか、ただ会いたい一心で祈っていたような気がするわ。……浮かばれてほしいとか、静かに眠ってほしいとか、そういう思いよりも……、ただ会いたいって。いっそ、連れていってくれてもいいとすら思っていたのに、どうして私の前には出てきてくれないんだろうって……。思い詰めるうちに、気持ちが歪《ゆが》んでいたのかも」

「尚江さん……」

「慰霊碑を建てろと言った霊能者は、隆也は強い無念で我を忘れている状態だから、まずは鎮めてあげなさいと言ったの。……怖ろしいことだと思いながらも、少しだけ、ほっとしてしまった。……だとしたら、私のことを忘れても仕方がないって、そう思ったから。……慰霊碑も毎日の祈りも、自己満足だってわかっていたけど……、縋《すが》るものがあるだけで、気持ちが楽になって……」

「――歪んでなんて、いません」

言葉を挟んだのは、なかば衝動的だった。

尚江の訴えがあまりにも悲しくて、止めずにはいられなかった。

尚江は驚き、顔を上げる。

「たとえどんな形でも会いたいって気持ち、私、わかりますから……。それに、隆也さんが皆さんの前に現れないのは、きっと、家族に対して不満がなかったからだと私は思います……。だって、この世に留まる理由のほとんどは、マイナスの感情だから」

「そんな、こと……」

「隆也さんが留まった理由は、大切な人たちが過ごす海が危険に晒《さら》されていくことを、放っておけなかったからだと思います。……このままじゃ、いずれは大切な人たちにも危険が及ぶかもしれませんから」

「…………」

「たとえ目の前に現れてくれなくても、それって、……ちゃんと想ってるってことになりませんか……？」

尚江は、もう相槌《あいづち》を打たなかった。

勝手な推測を押し付けてしまった気がして、澪はふと不安を覚える。――すると。

「……さっき、賢太郎から聞いたわ。……この慰霊碑が、結果的に隆也の気苦労を増やしてしまっていたってことなんでしょう？」

直接的な問いに、澪は思わず動揺した。

けれど、曖昧《あいまい》な答え方をして、もう誤解を生むわけにはいかなかった。

「……私たちが出した結論は、確かにその通りです」

尚江の目が、かすかに揺れる。

長い、沈黙。

やがて、尚江はなにも言わないまま、足を踏み出した。

「……そうですか」

すれ違いざまの返事が、辺りに寂しげに響く。

澪は、その気配がなくなるまで、振り返ることもできずにただ立ち尽くしていた。

――そのとき。

「ずいぶん立派なことを言うようになったな」

突如響いた、よく知る声。

慌てて振り返ると、立っていたのは、不満げな表情を浮かべる次郎。

「次郎さん……！」

「調査が終わったとはいえ、状況は変わってない。単独行動は――」

「お札！　持ってますよ、ちゃんと！　ほら！」

澪が慌ててお札を取り出すと、次郎は呆《あき》れたように目を細める。

「そ、そういえば……！　これからどうするんでしょうね、吉原不動産。霊が集まってきてるってことは、安全が確保できるまで時間がかかるでしょうし、賢太郎さんがみずなぎ荘を畳んだとしても、グランピング施設を建てるのは危険では……」

それは、ただ話題を変えるためだけに口にした話題だったけれど、吉原不動産にとってはもっとも重要な問題だ。

しかし、次郎は興味なさそうに肩をすくめる。

「さあな。今回の俺らの仕事はあくまで調査。……今後どうなるかは、俺らには関係のない話だ」

「それは、そうですが……。高木さんにとっては頭の痛い話かなって……」

「まあ、霊云々《うんぬん》の問題を除いても、潮の流れの関係でこの辺りの海の遊泳が危険だってことは最初からわかってた話だ。……素人じゃないんだから、上手く使うだろ」

「……そう、ですよね」

「別途依頼があれば、考えてもいいが」

「…………」

相変わらずの様子に、澪は苦笑いを浮かべた。

すると、次郎はくるりと背を向け、みずなぎ荘の方へ向かう。

「帰るぞ」

「あ……、はい！」

「さすがに少し疲れたな、今回は」

次郎が疲れを口に出すのは、珍しい。

澪は次郎の横に並び、思わずその顔を見上げる。

「……どうした」

「え？……あ、すみません。……なんか素だなと思って」

「は？」

途端に表情が険しくなり、澪は慌てて目を逸《そ》らした。

正面を見ると、ワタリドリの小道の入口で手を振る晃と高木が見える。おそらく、帰り支度ができたのだろう。

「海もいいけど、長くいるとオフィスが懐かしいですね。……帰って応接室のソファでゴロゴロしたいです」

「オフィスでゴロゴロするな」

「……口が滑りました」

澪が咄嗟《とっさ》に口を押さえると、次郎が小さく笑い声を零《こぼ》す。

澪はほっと息をつき、高木たちに手を振り返した。――そのとき。

「……お前、考えてみれば、すんなり馴染《なじ》んだな」

「え……？」

突然の言葉に、思わず澪の足が止まる。

次郎は少し先で立ち止まり、振り返った。

「第六リサーチ設立当時は、吉原不動産に就職したお前を強引に子会社に異動させるのはさすがに暴挙かと気にしていたが……」

「……また、ずいぶん前の話ですね……」

思えば、第六が子会社化してからもう一年以上が経つ。確かに、当時は混乱していてマトモな説明を受けた覚えはないし、普通に考えたら強引と言えるかもしれない。

けれど、澪は疑問を持ったことすらなかった。

「考えもしませんでしたけど、そんなことを気にしてくれてたなんて意外です……」

「一応は」

「一応って……。まぁ、だけど、大丈夫ですよ。当時の私が気にしていたのは、この先も次郎さんの下で働けるかどうかの一点だけでしたから」

なんの気なしに答えたものの反応がなく、変なことを言ってしまっただろうかと、澪は不安を覚えた。

けれど、次郎はあまり感情の読めない表情で、ただ澪を見つめていた。

「ま、まあ……ビルがボロくて怖いのはちょっとアレですけど、それもだいぶ慣れましたし……」

次郎からの視線に妙にソワソワしてしまって、澪は無理やり言葉を続ける。——すると。

「……わからないもんだな」

「え？」

突然の意味深な呟《つぶや》きに、澪は口を噤《つぐ》んだ。

「ときどき、第六物件管理部を作った頃のことを考える。当時は先のことなんてなにも考えてなかったし、イメージもまったく湧かなかった」

「次郎さん……」

「だから、ときどき不思議に思う。今があまりにも……」

次郎は、最後まで言わなかった。

声からも表情からも、言葉に込められた感情は読み取れない。喜んでいるようにも、懐かしんでいるようにも、逆に、罪悪感が滲《にじ》んでいるようにも見えた。

澪はなんだか不安になって、衝動的に次郎の袖《そで》を掴《つか》む。――そして。

「考え得る中で最高な未来だったって言おうとしてます……？　よね……？」

勝手に続きを口にすると、次郎の瞳《ひとみ》が揺れた。

「依頼はどんどんくるし、変な仲間がいっぱいいて、優秀で忠実な部下がいて……。こんなの、当時の次郎さんに想像できるはずないですよ。昔の次郎さん、めちゃくちゃ暗かったですし」

「……澪」

「ってことは、これからも、どうせ想像通りにはならないってことですね。ど、どうなるんだろ……？　楽しみ、ですね……？」

不安な空気を振り払うように、反応する隙も与えず無理やり言葉を続けたものの、すぐに限界がやってきて澪は必死に言葉を探す。

　すると。次郎の表情がふっと緩んだ。

「……優秀で忠実な部下っていうのは、お前のことか」

「やっぱり、そこ引っかかっちゃいました？」

「なかなか厚かましいな」

「す、すみません」

「……まあ、……間違ってはないか」

「え……？」

「……が、処分の話、忘れるなよ」

「えっ！」

次郎はそう言い残すと、ふたたび歩きはじめた。

澪は次郎が口にした言葉の処理が追い付かないまま、慌てて後を追う。

なんとか追いついたものの、次郎の表情はすっかり戻っていた。

聞きたいことはいろいろあったけれど、――もう、いいかと。澪はそれ以上なにも言わなかった。

*

「——紆余曲折《うよきよくせつ》あったけど、ひとまずグランピング施設の計画は進められそうだよ」

みずなぎ荘の調査から、一週間。

報告にやってきた高木によると、みずなぎ荘は今年の夏を最後に閉業することが決まったらしい。

「賢太郎さんたちは、これからどうするんでしょう……？」

「少し話したんだけど、ひとまず休んで、いずれは居酒屋でもやろうかなって言ってたよ」

「へぇ！　いいですね。賢太郎さんの料理、すごくおいしかったですし」

「リゾート開発が進めばあの辺りには観光客が増えるだろうからね。……にしても、よかれと思って建てた慰霊碑が原因だったなんて、皮肉なものだね」

「本当に……」

ちなみに、慰霊碑は撤去することになった。澪たちが帰った後、あっさりと尚江の合意が得られたらしく、賢太郎は逆に驚いていたらしい。

ともかく、高木を通じて次郎に改めて相談があり、近々東海林と一緒にもう一度訪れ、撤去することが決まった。

そうなれば、霊が集まりやすい要因が消え、すぐにとはいかなくとも、いずれは安全な場所に戻り、隆也も安心して眠れるだろう。

難しい調査だったけれど、後味は決して悪くない終幕だった。ただ、――ひとつだけ、澪には拭《ぬぐ》えない不安がある。

「澪。……応接室に」

「え……？　あ、はい」

突如次郎に呼ばれ、応接室に行くと、次郎が意味深な表情で澪を見つめた。

「あの……」

「あれ以来、マメは？」

それはまさに、澪が抱える大きな不安だった。

動揺して目を泳がせると、次郎は溜《た》め息をつく。

「見てないんだな？」

「……はい」

マメを最後に見たのは、澪を助けてくれた翌日のこと。

ようやく会えてほっとしたのも束の間、あれ以来、一度も姿を現さない。またフラッと現れてくれるだろうと思いながら、もう一週間が経つ。

「マメはきっと、浮かばれるんでしょうね……。だって、すごくいい子ですし、残ってるのがおかしいくらい……。でも、成仏するんだったら、せめて見送らせてほしいです。黙っていなくなるのだけは、あまりに……」

じわっと涙が滲んだ。

思えば、マメを連れ帰った当初は、浮かばれるまで傍にいてあげられたらという、軽い気持ちだった。けれど、あっという間になくてはならない存在になった。

長い時間を一緒に過ごし、思い出も数えきれない程ある。

すでにマメは命を終えているのだから、この世に残っていることのほうがよほど不自然だと、自分に言い聞かせてきたけれど、寂しさはどうにもならなかった。

抑えていた感情が溢《あふ》れそうになって、澪は俯《うつむ》く。——すると。

「……黙っていなくなるなんてこと、あり得ないだろ」

突如、次郎がそう口にした。

慰めてくれているのだろうかと、澪は顔を上げる。

けれど、次郎の目は、少し意味深だった。

「次郎さん……？」

「不自然だ」

「不自然……？」

「動物の霊は、人間のように複雑じゃない。……そのぶん、一度主人と思った相手には忠実だ。ましてや、あれだけ懐いていたのに黙って去るとは思えない」

「えっと、それって……」

ふいに覚える、胸騒ぎ。おそらく、これは慰めではなく疑念だ、と。――そして。

「マメは、なんらかのトラブルに巻き込まれてる可能性がある」

まさかの言葉に、澪は息を呑《の》んだ。

「トラブル……？」

「ただの勘だが」

「ですけど……、もしそうだったら……」

「――調べるか？」

それは、思いもしない提案だった。

驚いて言葉を失う澪に、次郎はかすかに表情を緩める。

「といっても、業務外だ。……処分の話、覚えてるか？」

「えっと……、私がお札を持ち歩いていなかったときの……」

「処分の内容は、業務時間外に無償でマメの調査を――」

「やります！」

次郎が言い終えないうちに、澪は身を乗り出しそう答えた。

もしかしたら、マメはまた戻ってきてくれるかもしれないと、消えかけていた希望が心に広がっていく。

「そんなに慌てるな……。ちなみに、指揮をとるのは俺だ。……くれぐれも、勝手な行動はするなよ。何度も言うが、これはペナルティだからな」

「次郎さん……」

次郎の提案に込められた優しさに、澪はもちろん気付いていた。

あえて仕事だと言ったのは、おそらく、暴走しがちな澪の行動を管理するため。

澪が悩んでいる間にそんなことを考えてくれていたのかと、心がぎゅっと締め付けられた。

「ただし、……マメは、いずれはいなくなる存在だ。それは、覚悟しておけよ」

「……わかってます」

頷《うなず》いた瞬間、ぽろりと涙が零《こぼ》れた。

次郎は澪の肩を軽く叩《たた》き、応接室のドアに向かう。——そして。

「……だが、全力でやるぞ」

去り際に残したいつになく気合いの入った言葉に、澪は思わず笑い声を零した。

過日の事件簿

東海林が犯した罪

「——さて。これで慰霊碑は撤去できます。もともとお性根《しょうね》は入っていないようだから、本当にただの石でしたね。……寄り付いた魂はいくつか供養しているけれど、この辺りは他にもいろいろと集まっているようなので、しばらくはお静かに」

五月の下旬、東海林は第六からの依頼を請け、慰霊碑の供養をするため次郎や澪と共にみずなぎ荘を訪れていた。

東海林の出《い》で立ちは、いつも通りのハットに、スリーピース。霊能者にもお坊さんにも見えないその格好に大概の人間は唖然《あぜん》とするが、賢太郎もまた同じだった。ただ、いくら怪しまれようが、仕事を終えた後に苦情が届いたことは、現在までに一度もない。

もちろん、東海林自身にも、ミスした記憶はなかった。——たった一つ、遠い昔の記憶を除いては。

「性根って、前に次郎さんが言ってた、お坊さんにしてもらうっていう……？」

「よくご存じですね。お墓やこういった慰霊碑を建てるときに、僧がお性根入れという法要をするんですよ。撤去するときには、それを抜かねばなりません」

「なるほど……。それが入っていなかったってことは、やっぱり偽物の慰霊碑だったんですね。……ほんと、迷惑なことをしてくれますよね」

澪のしかめっ面を見て、東海林は思わず笑う。

所有するビルのフロアを第六リサーチに貸すことになり、よく顔を合わせるようになった社員の澪は、東海林すら驚く程に強い霊感を持っていた。

最初はずいぶん不憫《ふびん》に思ったものだが、最近ではその印象は少し変わった。

怖がりなくせ、やたらと情が深く、すべての感情が顔に出てしまう。そして、のほほんとした見た目からは想像できない程に、心が強い。

「本当にそうですね。ただの石だからこそ格好の容《い》れ物になり得ます。……いくら空っぽでも、誰かがそれをお仏像やご神体のように扱って念を込めれば、やがて魂が迷い込んで宿りますから。魂は、誰かの念によって浄化されることもあれば、酷《ひど》く歪《ゆが》むこともある。容れ物とは、とても危険で怖ろしく、……悲しいものです」

「東海林さん……？」

突如、東海林の脳裏に過去の記憶が蘇《よみがえ》り、語尾が震えた。

ふいに澪から名を呼ばれ、慌てて笑みを繕う。

「失礼。過去にいろいろと怖ろしい経験をしたもので……、つい思い出していました」

「東海林さんが怖ろしいって言うくらいだから、きっと相当ですね……」

「怖い話がお好きですか？　よければ夏の夜に怪談話でも」

「お断りします！」

「いつだったか、落ち武者が現れ、離れてしまった首を捜してほしいと……」

「……東海林さん、からかってますね……。いくら私でも、そんな子供だましな怪談は信じませんよ……」

「それは残念」

「い、一応聞きますけど……、嘘ですよね？　今の」

「はは」

真剣な目で見上げる澪を見つめながら、ふと思い出すのは、心に沁《し》みついたあどけない微笑み。

東海林は、胸の内ポケットに忍ばせた折り鶴にそっと触れ、何十年も前の、悪夢のような出来事に思いを馳《は》せた。

東海林が、まだ『宮藤謙尚《くどうけんしょう》』という本当の名を名乗っていた頃に犯した、——大きな罪に。

*

宮藤謙尚が住職を務める妙恩寺《みょうおんじ》は、山梨《やまなし》県の山奥にひっそりと佇《たたず》んでいた。

地元の人間すらあまり訪れないような場所だが、その歴史は約七百年。長い年月、宮藤の血筋による純粋な世襲によって守られてきた。

こうも長く続いてきたのには、理由が二つある。

一つ目は、宮藤の血筋には、奇妙な程に男児しか生まれないこと。なにかの力が働いているとしか思えないくらいに、その血は絶えることなく守られてきた。

そして二つ目は、子孫に代々受け継がれる、不思議な力。宮藤家代々の歴史が記された古い書物では「神通力《じんつうりき》」と表現される、いわゆる霊能力だ。

宮藤家に生まれた子供は、生まれつき、人でない者の姿が視える。それどころか、ときには生きた人間の未来や過去、不安や苦しみまでもがすべて透けて視える、特殊な能力を持つ。

力に強弱はあれど、例外はない。

そして、――謙尚の持つ能力は、長い歴史の中でも、卓越していた。

謙尚が寺を継いだのは、父親が病で他界した二十歳の頃。そのとき、同時に祓《はら》いの家業も継いだ。

祓いといってもいろいろあるが、宮藤家が代々請けているのは、いわゆる悪霊祓いと呼ばれる類《たぐい》。

悪い霊に憑《つ》かれ、体や精神に不調を来すことは、謙尚に言わせれば決して珍しいことではない。

明らかに具合が悪いのに、医者へ行っても原因がわからなかったと訴える相談者の多くに、良くない霊が憑いている。

謙尚は、憑いている霊の素性や悪霊となった所以《ゆえん》、抱えた無念すらも一目で見透かし、それをいとも簡単に祓ってしまえる程の高い能力を持っていた。

高いお布施を要求することもなく、その穏やかな人柄も助けてか、相談者は年々増えた。同業者にも一目置かれ、やがて、その界隈《かいわい》では知らない者がいない程に名が知れた頃、謙尚は、母・正美《まさみ》の勧めのままにお見合いをした。

相手の女性の名は、紗枝《さえ》。名のある寺の娘だった。

これまで、結婚とは血を絶やさないための行事に過ぎないと、どこか冷めて考えていた謙尚だったけれど、美しく凛《りん》とした紗枝を見た瞬間、心の中に生まれたのは、経験したことのない不思議な感情。

ただただ朴訥《ぼくとつ》に生きてきた謙尚が、愛情というものを知った瞬間だった。

幸い紗枝も同じ思いだったらしく、すぐに結婚の話が進み、始まったのは、紗枝と支え合う日々。それは、表現できない程の幸福に満ちていた。

しかし、――その頃から、少しずつなにかが狂いはじめる。

結婚から二年。謙尚と紗枝の間に生まれた子は、女児。

宮藤家の長い歴史の中、それは初めてのことだった。

「――謙尚さん、今日もお母さんの具合が良くないの。……きっと、佳代《かよ》のことを気に病んで……」

正美は、二人の娘・佳代が育つにつれて徐々に体調を崩し、佳代が六歳になった頃には、布団から起き上がれない程に悪化した。

原因の一つは、心労。

それは無理もなく、正美の実家は大昔から妙恩寺の檀越《だんおつ》であり、正美自身もまた、宮藤家の不思議な力に心酔し、先代の妻という役割を心から務めあげた敬虔《けいけん》な信者だった。

自分が勧めた縁談により、女児が生まれるというこれまでにない事態が起きたことは、正美にとってはなにより絶望的な出来事だったのだろう。

正美の体調が悪化するにつれ、佳代を生んだ紗枝も次第に元気をなくし、謙尚にとって、それは悩ましい問題だった。

「……気にすることはない。そもそも、男しか生まれないという歴史だって真実かどうか怪しいものだ。書物などいくらでも書き換えられるからね」

「そんなこと……」

「男が生まれやすい血筋であることは確かだけれど、そういったいかにも神懸かりな要素は、後からこじつけることもある。歴史なんて、さほど重要じゃないよ。私にとっては佳代も、もちろん紗枝も、何物にも代えがたい大切な存在だ」

「謙尚さん……」

謙尚は、紗枝の心を守るため、いつも優しく諭した。

ただ、——佳代に対して、謙尚は正美にも紗枝にも言えない不安を抱えていた。

おそらく、佳代には代々の能力が受け継がれていない。つまり、佳代には霊が視えておらず、その代わり、——小さな霊をすぐに体に宿してしまう、奇妙な体質を持っていた。

少しでも目を離せば、佳代にはすぐに浮遊霊が憑いてしまう。

祈禱《きとう》をしようともその体質は変わらず、唯一安全な方法は、強い結界の中に閉じ込めておくことだけ。ただし、結界は強ければ強い程範囲は狭くなり、効果も短い。佳代が過ごす場所すべてに一日中張り続けるのは現実的に不可能だった。

このままではいずれ、たちの悪い悪霊を吸い寄せかねない。

当然ながら、視えない人間が自分で注意を払うことはできず、体も心も未熟な佳代がそんなものに憑かれてしまえばひとたまりもない。

結果、佳代の寝床に定期的に強い結界を張りながら、謙尚が常に注意を払って、都度祓い続けるしかなかった。

そんなその場しのぎに、謙尚の不安は、年々増していった。

やがて、佳代が八歳になった、ある日。

謙尚にとって、――もっとも絶望的な事件が起こる。


その日、謙尚は、悪霊祓いの相談を受けていた。

相談者は、妙恩寺の古い檀越であり、正美の従兄弟《いとこ》にあたる男。原因不明の病ですっかり衰弱し、妻に連れられてやってきた。

相談自体は、謙尚にとってもっともよくある類だった。

人に憑いた霊の多くは、わざわざ祈禱をせずとも、謙尚が触れただけであっさりと消えてしまう。

その日も、謙尚はいつも通り男の手首に触れた――そのとき。

閉めきっているはずの本堂に、突如、不自然な風が巻き起こった。

不吉な予感が過《よぎ》ったものの、すぐに本堂はしんと静まり返る。同時に、ついさっきまで真っ青だった男の顔に、血色が戻った。

「不思議だ……、触れられただけなのに、もう体が軽い……」

「住職さま、ありがとうございます……」

「……いえ」

二人は手を取り合って喜ぶけれど、謙尚はなにも言えなかった。

男に憑いていた霊は、消えたのではなく、逃げたのだ、と。じりじりと嫌な予感が込み上げていたからだ。

その予感が当たったと知ったのは、二人を見送るために本堂の障子を開けた瞬間。

「――佳代……？」

廊下に倒れる佳代の姿を見付けたと同時に、全身から血の気が引いた。佳代は、――さっき逃げ出した霊に憑かれてしまっていた。

それは、謙尚がどんなに祓おうとしても叶《かな》わない程、極めて強く、厄介な悪霊だった。

佳代は日に日に弱り、一ヶ月後には別人のように痩《や》せ、ほとんど起きていられなくなった。

呼吸は弱り、眠ればうなされ、そんな姿を見ているのは、まさに地獄だった。

謙尚はあらゆる手を尽くして悪霊の正体を探ったものの、わかったのは、数百年ではきかない強い無念の塊であるということのみ。

ただ、そんな事実を知ったところで、なにもできない苦しみが増す一方だった。

そして、――悪霊の毒牙《どくが》は、やがて周囲にまで及びはじめる。

佳代が寝込んで二ヶ月が経った頃、――突如、紗枝が倒れた。

前日の夜まではなんの異変もなかったのに、病院に連れて行けば、診断されたのは末期の癌。すでに骨にもリンパにも転移していて打つ手はなく、延命治療むなしく病状はまたたく間に進んだ。

　そして、謙尚が生まれて初めて愛した女性紗枝は、あまりにもあっさりとこの世を去った。

　原因は、間違いなく、佳代に憑いた悪霊によるもの。

　仮にも謙尚の血を引く佳代と違い、なんの力も持たない紗枝は、傍にいるだけで強い影響を受けていたらしい。

　謙尚は、なにもできない自分が憎くてたまらなかった。

　正美は相変わらず寝込み、佳代は日に日に弱っていく中、ただただ無力さに打ちひしがれ、謙尚の心はもはや折れる寸前だった。

　そんな、考える気力もなくしてしまった、ある夜。

「——高い能力を持って生まれ、……私は、驕《おご》っていたのかもしれないな……」

　謙尚は、眠る佳代の前で初めて泣き言を零《こぼ》した。

　佳代の寝顔は珍しく安らかで、謙尚はほっと息をつく。

　すると、ふいに、佳代が細く目を開けた。

「……お父、さん」

「佳代、……具合は」

「だい、じょうぶ」

　大丈夫なはずがない、と。すっかりやつれてしまった顔を見ながら、謙尚はたまらない気持ちになった。

　すると、佳代は突如、天井を指差す。

「お父さん、あれは？」

「うん……？……ああ、あれは、式神だよ」

　天井に貼っていたのは、式神。

　式神とは人を象《かたど》った和紙で、念を込めて作る、いわゆるお守りだ。効果は込める念によってさまざまあり、霊を寄せ付けないようお札のように使うことが多いが、高い能力を持つ者ならば、その使い道は限りなくある。

　佳代の部屋に貼ったものには、少し特殊な役割を持たせていた。二枚で一対となり、片方になにかがあればもう片方にもそれが伝わるという念が込められている。

　それは、謙尚が佳代に講じたあらゆる護《まも》りのうちのひとつだった。

「しきがみ？……折り紙のこと？」

「折り紙とは、少し違う。似ているけれど」

「佳代も、欲しい」

「そうか。なら、お父さんがもっと綺麗なものを折ってやろう」

謙尚は佳代の机から千代紙を取り出し、鶴を折りはじめる。

折り方の記憶はひどく曖昧《あいまい》だったけれど、何度も折り目をやり直しながら、やがて、真っ赤な矢羽根模様の鶴が出来上がった。

「これ、鶴ね」

「ああ。少しよれよれになってしまったけど……」

「ううん、綺麗」

佳代の嬉《うれ》しそうな顔を見たのは、久しぶりだった。

けれど、――佳代はその日以降、さらに弱っていく。

佳代に憑いた悪霊は、まるで、苦しめながら少しずつ死をちらつかせているようで、謙尚にとっては耐えがたい日々だった。

佳代から離れてくれるならば自分の体ならいくらでも明け渡すのにと、謙尚はいつも、悪霊にそう訴えかけた。

けれど、どんなに願っても、悪霊に謙尚の言葉が届くことも、逆に言葉を聞くことも叶わず、佳代に憑いた悪霊は、ただただゆっくりと佳代の命を奪おうとしていた。

なにもできないまま、佳代の部屋には、毎日一つずつ折り紙が増えていく。

佳代が目を覚ましたときに少しでも癒しになるようにと、謙尚は鶴だけでなく、猫に狐に象にと、さまざまな折り方を覚えた。

「本物の象を、見てみたいなぁ。檻《おり》の中ではなくて、大自然の中を歩いている象を」

「……ああ、元気になったらいくらでも連れて行ってやろう」

「ライオンとか、キリンもいるんでしょう？」

「……そういえば、キリンはまだ折っていなかったね」

佳代は謙尚と過ごす中で、ぽつぽつと夢を語るようになった。もはや多くの時間が残されていないことは明らかなのに、目をキラキラさせて未来を語る姿は、見ているだけで胸が苦しかった。

けれど、謙尚はそれをすべて千代紙に書き記し、叶うようにと祈りを込めて鶴を折った。

やがて、佳代の周りは日に日に願いの込められた折り紙でいっぱいになっていく。

そんなある日。小さな異変が起こった。

「これは……？」

いつも通り佳代の部屋を訪れた謙尚は、ひとつの折り鶴を手に取る。

鮮やかな千代紙で折ったはずなのに、それはやけに黒ずんでいた。

謙尚は、その折り目に指をかける。——すると、折り紙の奥から、不穏な気配を感じた。

「……浮遊霊か」

折り鶴の奥に潜んでいたのは、無念を残した浮遊霊。それはとても弱く、彷徨《さまよ》ううちにここに迷い込んだのだろうと、謙尚はそれを供養するため本堂へ向かった。

　そして、ゆっくりと折り目を開くと、突如、折り鶴がビクッと大きく揺れる。それはまるで、見つかったことに怯《おび》えているような反応だった。

「……ずいぶん、ここを気に入っているようだね」

　どうやらこの浮遊霊は、迷い込んだのではなく、この容《い》れ物を気に入って身を隠していたらしい。おそらく、希望に満ちた願いが込められたぶん、居心地がよかったのだろう。

　謙尚は鶴を開き、数珠《じゅず》を取り出す。数珠とともに触れると、折り紙の中の気配は一瞬で消え、謙尚の手に残った折り鶴は、美しい色を取り戻した。

「……念を込めすぎたせいか」

　謙尚によって折られた鶴は、知らず知らずのうちに式神と似た力を宿してしまっていたらしい。能力者としては不手際であり、あってはならないことだが、謙尚の精神状態から考えると認めざるを得なかった。

　少しでも長く佳代の傍にいたいという謙尚の願いは、あまりにも強い。自身のことも寺のことも、佳代以外のすべてのことが、おろそかになってしまうくらいに。

　謙尚は折り鶴をご本尊の前にそっと置き、ふたたび佳代の部屋へ戻る。

眠っている佳代の傍には、「ずっとお父さんのそばにいたい」と拙《つたな》い字で書かれた千代紙。謙尚はたまらない気持ちになって、それを折り鶴に変え、懐に仕舞った。

ついに佳代の命が限界を迎えようとしていたのは、それからさらに一ヶ月が経った、月のない夜。

世の中が暗闇に包まれる中、佳代の体は悪霊に侵食されようとしていた。

佳代の周りには、小さな願いが記されたたくさんの折り紙。ひとつとして叶《かな》えてやれなかったことが苦しく、謙尚の精神も、限界寸前だった。

謙尚は佳代の小さな手をそっと握る。

「……一人では逝かせないから、安心しなさい」

佳代が死んだら自分も逝こう、と。謙尚は、いつからか、そう考えていた。

それは無力な自分に科した罰では決してなく、ただシンプルな望みだった。

宮藤家の血は、そもそも絶える運命だったのだと、そもそも娘一人を守れないような力など守る価値はないと、謙尚はなにもかもに絶望していた。

やがて、佳代の呼吸が次第に弱まり、謙尚はゆっくりと目を閉じる。懐には、自分の命を絶つため、代々大切な法要のときにだけ携えている破魔の短刀を仕込んでいた。

ついにこのときがきたと、謙尚はそっと懐に手を入れる。——しかし。

指先に触れたのは短刀の柄《つか》ではなく、折り鶴の感触だった。

ゆっくりと取り出すと、それは謙尚の手のひらでかすかな温度を灯《とも》す。

この折り鶴の中にしたためられた願いを忘れたことなど、一瞬たりともない。

「ずっとお父さんのそばに……」

叶えてやりたかったと、無意識に呟《つぶや》いた、そのとき。ふいに謙尚の心に生まれた、――ひとつの欲。

ただし、それは霊能力者としては最大の禁忌であり、七百年以上続いた宮藤の血を汚す、絶対に望んではならないことだった――けれど。

「……宮藤家の血など……」

謙尚は数珠を取り出し、折り鶴に念を込める。

そして、ついに佳代の命が尽きかけた、そのとき。

「――おいで」

謙尚は、念を込めた折り鶴を握ったまま、佳代の手に触れた。

すると、折り鶴は、まるで命を吹き込まれたかのようにドクンと鼓動を打つ。

謙尚の欲とは、――折り鶴に佳代の魂を移すこと。

このまま悪霊に憑《つ》かれて死ねばおそらく浮かばれないだろうと、ならば魂が癒されるまで傍に置き、少しでも望みを叶えてやろうと、そう考えていた。

人の魂を自分の都合で留《とど》めておくなんて、霊能者としては絶対にやってはならないことだが、そのときの謙尚は、先祖が七百年守ってきたこの血統にも寺にも、なにもかもに未練はなかった。

謙尚は折り鶴をそっと額に寄せて懐に仕舞うと、破魔の短刀を、鼓動をやめた佳代の胸の上に置く。そうして悪霊を娘の体に閉じ込め、謙尚は深く俯《うつむ》いた。

「その体が欲しいなら、持っていけばいい……」

やがて、命の果てた体の中で、悪霊は酷《ひど》く暴れはじめる。

愛《いと》しい佳代の肌はみるみる黒ずみ、目は落ちくぼみ、それはあまりに残酷な光景だった。けれど、謙尚の心は奇妙なくらいに凪《な》いでいた。――しかし、そのとき。

懐に入れた折り鶴がカサッと音を立てたかと思うと、ふいに、熱を持ちはじめる。

「佳代……？」

言い知れない不安が過《よぎ》り、謙尚は折り鶴を取り出し両手で包んだ。

すると、中から霧のように白濁した空気が、ゆっくりと零《こぼ》れはじめる。そして、謙尚は、――気付いてしまった。

「そんな……」

能力を持たなくとも、佳代には宮藤家の特殊な血が流れている。佳代の魂の容れ物として、折り鶴が不十分だったのだと。

生きた人間の魂を扱ったことのなかった謙尚には、知り得ない誤算だった。

謙尚は零れ落ちる魂を必死にかき集めようとしたけれど、それらはあっという間に風となって散り、――結局、折り鶴に残ったのは、ほんのカケラ程度。

あまりのショックに、しばらく身動きが取れなかった。

けれど、たとえカケラでも、佳代の魂を手にしたまま絶望するわけにはいかなかった。

「無力な父親ですまない……。だが、必ずすべて捜し、お前の願いを叶えてやる」

謙尚は、佳代の亡骸《なきがら》の周りを囲う折り紙をすべてかき集めて立ち上がる。

そのとき、ふと、部屋の外から、奇妙な気配を覚えた。

それは霊とも人とも判断し難く、謙尚は廊下をそっと覗《のぞ》く。――すると。

「母さん……」

そこには、廊下を這《は》うようにして冷たくなっている、正美の姿があった。

肌が不気味に黒ずんだその姿は、たった今悪霊を閉じ込めた、佳代の状態とまったく同じだった。

それを見た瞬間、頭を過った最悪な予想を、謙尚は否定することができなかった。

「まさか……」

悪霊の正体は、呪いによって召喚されたものであり、――佳代を手にかけたのは、正美だったのだ、と。

考えてみれば、そもそもこの悪霊を宿していたのは、正美の従兄弟《いとこ》。

あれはただの運び屋に過ぎなかったのだと、そう気付いた瞬間、謙尚は酷い眩暈《めまい》を覚え、がっくりと膝《ひざ》をついた。

正美の実家は、大昔から妙恩寺の檀越にして宮藤家の力の敬虔《けいけん》な信者。自分の息子の代で女児が生まれ、どれだけ絶望したかを、謙尚も理解していたつもりだった。

けれど、その執着は、想像をはるかに上回っていたらしい。今さら気付いても、なにもかも手遅れだった。

謙尚は壁にもたれて項垂《うなだ》れたまま、茫然《ぼうぜん》と、過去のことを思う。特殊な家に生まれながらも、穏やかに過ごしていたはずの人生そのものが、すべて幻想のように感じられた。

ずっと深い所で七百年にわたる根深い闇が広がっていたのに、自分はごくごく表面の浅い部分しか知らないまま、幸せを感じていたのだ、と。

「――滅びて当然だ」

ひとり言は、冷え切った空気に吸い込まれていった。

その後、謙尚は寺を去った。

身一つで山を下りる懐には、佳代の命のカケラが込められた折り鶴。中に書かれた願いは、「ずっとお父さんのそばにいたい」。

「……残りの人生は、お前のために使うよ」

呟きが、深い山に吸い込まれていく。

一度だけ振り返ってみたけれど、後悔や寂しさは少しもなかった。ここは、生まれ育った場所でありながら、謙尚からすべてを奪った場所。

この日、――謙尚は、自分の名前を捨てた。

＊

「――東海林さん……？　お疲れですか……？」

みずなぎ荘からの帰り道、過去を思いながら茫然と窓の外を眺めていた東海林は、澪に声をかけられて我に返った。

「すみません。少し、考えごとをしていて」

「そうですか……。ってか、東海林さんって折り紙を持ち歩いてるんですね」

「え？」

東海林の手には、古めかしい折り鶴。

過去に思いを馳《は》せるうち、無意識に取り出していたらしい。澪から興味津々に見つめられ、東海林はジャケットの両ポケットからいくつかの折り紙を出した。

「うわっ、そんなにたくさん……？」

「ええ。これら一つ一つに娘の願いが込められていまして。これでもだいぶ減った方です」

「東海林さん、娘さんがいらっしゃるんですね」

「ええ、——いました」

含みのある言い方をしてしまったせいで、澪の瞳《ひとみ》が小さく揺れた。澪のことだから、おそらく言葉のニュアンスを察し、返す言葉に困っているのだろうと東海林は思う。

「私は愚かな父親でね。過去に、大きな罪を犯しました」

「罪……？」

「ええ」

頷《うなず》くと、澪は、辛《つら》そうな表情を浮かべる。

東海林は思わず笑い声を零した。

「澪さんは、表情に全部出てしまうんですね」

「そんなに出てます……？」

「はい。私を心配してくださっているのかなと」

「…………」

「図星でしたか。大丈夫ですよ。過去の話ですから」

　これだけ感受性が豊かな大人も珍しいと、東海林は少しだけ、澪を不憫《ふびん》に思った。

　霊感が強く、憑かれやすい上、感情移入しやすいとなると、生きにくくて仕方がないだろうと。――しかし、そのとき。

「その罪のこと、今も後悔してるんですか……？」

　予想外な質問が飛んできて、東海林は思わず動揺した。

　慌てて平静を装い、笑みを浮かべる。

「……私が犯したのは御仏様にまで迷惑をかけた大罪でしたが……、不思議なことに、後悔はまったく」

　それは、嘘ではなかった。

　むしろ、あまりに素直に答えてしまっていることが、不思議だった。

　すると、澪はほっとしたように笑う。――そして。

「そうですか。……なら、きっと間違ってなかったんですね」

　驚く程はっきりと言い切られ、東海林は言葉を失った。

　そんな東海林を他所《よそ》に、当の澪はなんでもないことのように言葉を続ける。

「私、第六で働きはじめてから、合ってるのかどうかわからない選択をいくつもしてきたなって。……今になって振り返っても、まだ答えがわからないんです。……なので、もしいつか後悔する日がきたら、そのときに間違いを反省しようかと」

「澪さん……」

「あ……、すみません……！　私の能天気な基準に勝手に当てはめちゃいまして……！」

「——娘は、私を恨んでいないでしょうか」

「え？」

なぜ突然そんなことを問いかけてしまったのか、東海林自身にもよくわからなかった。

ただ、そのときはやけに胸が疼《うず》き、他人にどう言われても意味がないことは十分にわかっていたはずなのに、聞かずにはいられなかった。

けれど、驚く澪の表情を見ていると、次第に気持ちが落ち着きはじめる。

「すみません、おかしなことを。……つい、口が勝手に——」

「東海林さん」

「え？」

不思議な子だ、と。

まっすぐに見つめ返す目に捕えられ、唐突に、そう思った。

すると、澪は屈託のない笑みを浮かべる。

「勝手な想像ですけど、ポケットいっぱいの折り紙を見たら、きっと怒る気もしませんよ。……むしろ、大切にされてたんだなって思うんじゃないですか？」

「澪さん……」

「まあ、折り紙の大作だらけのお部屋を見たら、さすがにやりすぎだって言うかも」

「……はは」

そんな文句ならば、言われてみたかったと。思わず、笑い声が零《こぼ》れた。

澪は不思議そうに首をかしげたものの、それ以上は、なにも聞いてこなかった。

ふたたび静かになった車内で、東海林はポケットから出した折り紙のキリンをそっと開く。

中には、拙《つたな》い字で書かれた『サバンナでキリンを見たい』という願い。

――これは、もう少し先だね。

心の中で呟《つぶや》くと、手の上の折り紙にふわりと温度が灯《とも》る。

東海林はそれを両手でそっと包み込み、――こんなにも穏やかな気持ちで過去に思いを馳せたことがあっただろうか、と。

憑《つ》き物が落ちたような心地に浸っていた。

本書は書き下ろしです。
この作品はフィクションです。実在の
人物、団体等とは一切関係ありません。

丸《まる》の内《うち》で就職《しゆうしよく》したら、幽《ゆう》霊《れい》物《ぶつ》件《けん》担《たん》当《とう》でした。8

竹《たけ》村《むら》優《ゆ》希《き》

令和2年 10月25日　初版発行
令和3年 12月30日　3版発行

発行者●青柳昌行

発行●株式会社KADOKAWA
〒102-8177　東京都千代田区富士見2-13-3
電話　0570-002-301（ナビダイヤル）

角川文庫 22385

印刷所●株式会社KADOKAWA
製本所●株式会社KADOKAWA

表紙画●和田三造

●お問い合わせ
https://www.kadokawa.co.jp/（「お問い合わせ」へお進みください）
※内容によっては、お答えできない場合があります。
※サポートは日本国内のみとさせていただきます。
※Japanese text only

ISBN 978-4-04-109416-7　C0193

◆◇◇

角川文庫発刊に際して

角川源義

第二次世界大戦の敗北は、軍事力の敗北であった以上に、私たちの若い文化力の敗退であった。私たちの文化が戦争に対して如何に無力であり、単なるあだ花に過ぎなかったかを、私たちは身を以て体験し痛感した。西洋近代文化の摂取にとって、明治以後八十年の歳月は決して短かすぎたとは言えない。にもかかわらず、近代文化の伝統を確立し、自由な批判と柔軟な良識に富む文化層として自らを形成することに私たちは失敗して来た。そしてこれは、各層への文化の普及滲透を任務とする出版人の責任でもあった。

一九四五年以来、私たちは再び振出しに戻り、第一歩から踏み出すことを余儀なくされた。これは大きな不幸ではあるが、反面、これまでの混沌・未熟・歪曲の中にあった我が国の文化に秩序と確たる基礎を齎らすためには絶好の機会でもある。角川書店は、このような祖国の文化的危機にあたり、微力をも顧みず再建の礎石たるべき抱負と決意とをもって出発したが、ここに創立以来の念願を果すべく角川文庫を発刊する。これまで刊行されたあらゆる全集叢書文庫類の長所と短所とを検討し、古今東西の不朽の典籍を、良心的編集のもとに、廉価に、そして書架にふさわしい美本として、多くのひとびとに提供しようとする。しかし私たちは徒らに百科全書的な知識のジレッタントを作ることを目的とせず、あくまで祖国の文化に秩序と再建への道を示し、この文庫を角川書店の栄ある事業として、今後永久に継続発展せしめ、学芸と教養との殿堂として大成せんことを期したい。多くの読書子の愛情ある忠言と支持とによって、この希望と抱負とを完遂せしめられんことを願う。

一九四九年五月三日

丸の内で就職したら、幽霊物件担当でした。

竹村優希

本命に内定、ツイテル？　いや、憑いてます！

東京、丸の内。本命の一流不動産会社の最終面接で、大学生の澪《みお》は唖然としていた。理由は、怜悧な美貌の部長・長崎次郎《ながさきじろう》からの簡単すぎる質問。「面接官は何人いる？」正解は３人。けれど澪の目には４人目が視えていた。長崎に、霊が視えるその素質を買われ、澪は事故物件を扱う「第六物件管理部」で働くことになり……。イケメンドＳな上司と共に、憑《つ》いてる物件なんとかします。元気が取り柄の新入社員の、オカルトお仕事物語！

角川文庫のキャラクター文芸

ISBN 978-4-04-106233-3

丸の内で就職したら、幽霊物件担当でした。2

竹村優希

当部署では事故物件、なんとかします！

新垣澪《しんがきみお》は、東京・丸の内の一流不動産会社「吉原《よしはら》不動産」の新入社員。憧れの丸の内ＯＬ生活、のはずが、なんと幽霊憑き物件専門部署で働くことに！　怜悧な美貌の持ち主だがドＳな上司、長崎次郎《ながさきじろう》と２人きりで、美形で優秀だけれど使えない先輩・高木正文《たかぎまさふみ》の助けも借り、怖くて切ない事故物件の謎に挑む澪。鏡を壊す女霊、夜中に踏切の音が聞こえる部屋。そして高木に恐るべき災厄が……。怖いのに元気になれる、オカルトお仕事物語！

角川文庫のキャラクター文芸

ISBN 978-4-04-106753-6

ISBN 978-4-04-107407-7

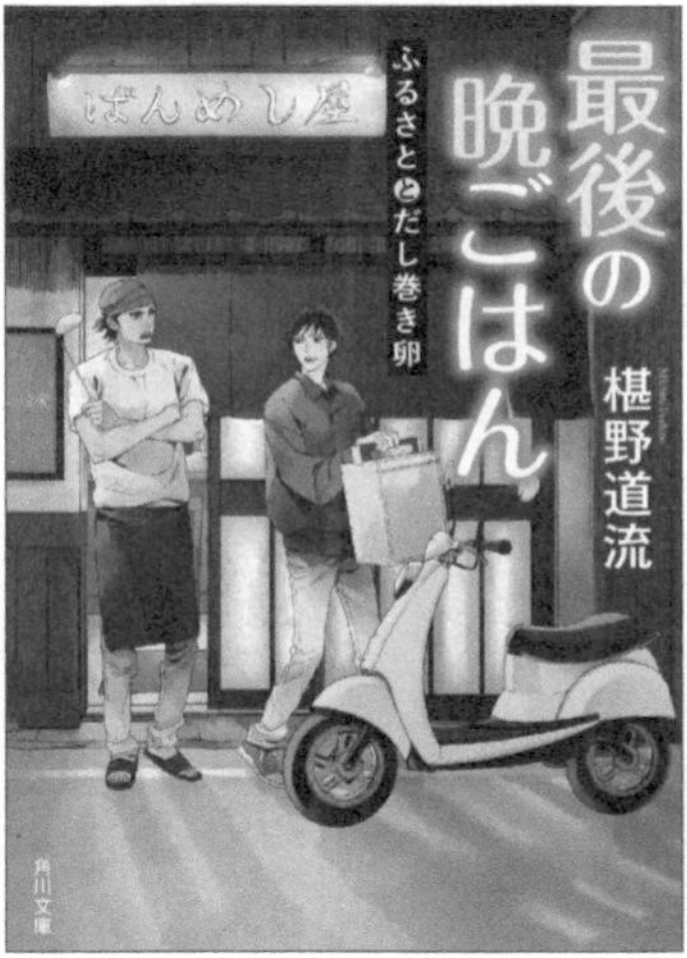

最後の晩ごはん

ふるさととだし巻き卵

椹野道流

泣いて笑って癒される、小さな店の物語

若手イケメン俳優の五十嵐《いがらし》海里《かいり》は、ねつ造スキャンダルで活動休止に追い込まれてしまう。全てを失い、郷里の神戸に戻るが、家族の助けも借りられず……。行くあてもなく絶望する中、彼は定食屋の夏神《なつがみ》留二《りゅうじ》に拾われる。夏神の定食屋「ばんめし屋」は、夜に開店し、始発が走る頃に閉店する不思議な店。そこで働くことになった海里だが、とんでもない客が現れて……。幽霊すらも常連客!?　美味しく切なくほっこりと、「ばんめし屋」開店！

角川文庫のキャラクター文芸

ISBN 978-4-04-102056-2

毒母の息子カフェ

尾道理子

カフェの看板メニューは、名物店員!?

1歳の時に母を亡くし、父と二人暮らしの祠堂《しどう》雅玖《がく》は、受験に失敗し絶望する。希望ではない大学に入るもなじめず、偶然訪れたカフェで、女装姿の美青年オーナー、土久保《どくぼ》覇人《はひと》に誘われ住み込みバイトを始める。一筋縄ではいかない個性を持つ店員達に戸惑いながらも、少しずつ心を開く雅玖。仲間達に背中を押され、必死に探し求めた母の真の姿は、雅玖の想像とはまるで違っていて……。絆で結ばれた息子達の成長ストーリー!

角川文庫のキャラクター文芸

ISBN 978-4-04-109185-2